U0088409

每日一句
日語
懶人會話

50音基本發音表

清音

• track 002

a	ㄚ	i	ㄧ	u	ㄨ	e	ㄝ	o	ㄡ
あ	ア	い	イ	う	ウ	え	エ	お	オ
ka	ㄎㄚ	ki	ㄎㄧ	ku	ㄎㄨ	ke	ㄎㄝ	ko	ㄎㄡ
か	カ	き	キ	く	ク	け	ケ	こ	コ
sa	ㄙㄚ	shi	ㄒ	su	ㄙ	se	ㄙㄝ	so	ㄙㄡ
さ	サ	し	シ	す	ス	せ	セ	そ	ソ
ta	ㄊㄚ	chi	ㄑㄧ	tsu	ㄘ	te	ㄊㄝ	to	ㄊㄡ
た	タ	ち	チ	つ	ツ	て	テ	と	ト
na	ㄋㄚ	ni	ㄋㄧ	nu	ㄋㄨ	ne	ㄋㄝ	no	ㄋㄡ
な	ナ	に	ニ	ぬ	ヌ	ね	ネ	の	ノ
ha	ㄏㄚ	hi	ㄏㄧ	fu	ㄈㄨ	he	ㄏㄝ	ho	ㄏㄡ
は	ハ	ひ	ヒ	ふ	フ	へ	ヘ	ほ	ホ
ma	ㄇㄚ	mi	ㄇㄧ	mu	ㄇㄨ	me	ㄇㄝ	mo	ㄇㄡ
ま	マ	み	ミ	む	ム	め	メ	も	モ
ya	ㄧㄚ			yu	ㄧㄩ			yo	ㄧㄡ
や	ヤ			ゆ	ユ			よ	ヨ
ra	ㄌㄚ	ri	ㄌㄧ	ru	ㄌㄨ	re	ㄌㄝ	ro	ㄌㄡ
ら	ラ	り	リ	る	ル	れ	レ	ろ	ロ
wa	ㄨㄚ			o	ㄡ			n	ㄣ
わ	ワ			を	ヲ			ん	ン

濁音

• track 003

ga	ㄍㄚ	gi	ㄍㄧ	gu	ㄍㄨ	ge	ㄍㄝ	go	ㄍㄡ
が	ガ	ぎ	ギ	ぐ	グ	げ	ゲ	ご	ゴ
za	ㄗㄚ	ji	ㄐㄧ	zu	ㄗ	ze	ㄗㄝ	zo	ㄗㄡ
ざ	ザ	じ	ジ	ず	ズ	ぜ	ゼ	ぞ	ゾ
da	ㄉㄚ	ji	ㄐㄧ	zu	ㄗ	de	ㄉㄝ	do	ㄉㄡ
だ	ダ	ぢ	ヂ	づ	ヅ	で	デ	ど	ド
ba	ㄅㄚ	bi	ㄅㄧ	bu	ㄅㄨ	be	ㄅㄟ	bo	ㄅㄡ
ば	バ	び	ビ	ぶ	ブ	べ	ベ	ぼ	ボ
pa	ㄆㄚ	pi	ㄆㄧ	pu	ㄆㄨ	pe	ㄆㄝ	po	ㄆㄡ
ぱ	パ	ぴ	ピ	ぷ	プ	ぺ	ペ	ぽ	ポ

拗音

●track 004

kya	ㄎㄧㄚ	kyu	ㄎㄧㄩ	kyo	ㄎㄧㄡ
きゃ	キャ	きゅ	キュ	きょ	キョ
sha	ㄒㄧㄚ	shu	ㄒㄧㄩ	sho	ㄒㄧㄡ
しゃ	シャ	しゅ	シュ	しょ	ショ
cha	ㄑㄧㄚ	chu	ㄑㄧㄩ	cho	ㄑㄧㄡ
ちゃ	チャ	ちゅ	チュ	ちょ	チョ
nya	ㄋㄧㄚ	nyu	ㄋㄧㄩ	nyo	ㄋㄧㄡ
にゃ	ニャ	にゅ	ニュ	にょ	ニョ
hya	ㄏㄧㄚ	hyu	ㄏㄧㄩ	hyo	ㄏㄧㄡ
ひゃ	ヒャ	ひゅ	ヒュ	ひょ	ヒョ
mya	ㄇㄧㄚ	myu	ㄇㄧㄩ	myo	ㄇㄧㄡ
みゃ	ミャ	みゅ	ミュ	みょ	ミョ
rya	ㄌㄧㄚ	ryu	ㄌㄧㄩ	ryo	ㄌㄧㄡ
りゃ	リャ	りゅ	リュ	りょ	リョ

gya	ㄍㄧㄚ	gyu	ㄍㄧㄩ	gyo	ㄍㄧㄡ
ぎゃ	ギャ	ぎゅ	ギュ	ぎょ	ギョ
ja	ㄐㄧㄚ	ju	ㄐㄧㄩ	jo	ㄐㄧㄡ
じゃ	ジャ	じゅ	ジュ	じょ	ジョ
ja	ㄐㄧㄚ	ju	ㄐㄧㄩ	jo	ㄐㄧㄡ
ぢゃ	ヂャ	づゅ	ヂュ	ぢょ	ヂョ
bya	ㄅㄧㄚ	byu	ㄅㄧㄩ	byo	ㄅㄧㄡ
びゃ	ビャ	びゅ	ビュ	びょ	ビョ
pya	ㄆㄧㄚ	pyu	ㄆㄧㄩ	pyo	ㄆㄧㄡ
ぴゃ	ピャ	ぴゅ	ピュ	ぴょ	ピョ

● 平假名 | 片假名

01 日常問候

はじめまして。
初次見面。…… 032

こんにちは。
你好。…… 033

お久しぶりです。
好久不見。…… 034

お元気ですか。
你好嗎？…… 035

おやすみ。
晚安。…… 036

お先に失礼します。
我先離開了。…… 037

さようなら。
再會。…… 038

お疲れ様。
辛苦了。…… 039

おかげさまで。
託您的福。…… 040

じゃあ、またあとで。
那麼，待會見。…… 041

行ってきます。
我出門了。…… 042

いってらっしゃい。
慢走。…… 043

おはようございます。
早安。…… 044

ただいま。
我回來了。…… 045

お帰り。
歡迎回來。…… 046

じゃ、また。
下次見。……047

どうぞ。
請。……048

お大事に。
請好好保重。……049

おめでとうございます。
恭喜。……050

よろしくお願いします。
請多指教。……051

私のかわりによろしくお伝えください。
請代我問好。……052

いただきます。
開動了。……053

いらっしゃい。
歡迎。……054

もしもし。
喂。……055

よい一日を。
祝你有美好的一天。……056

先日はありがとうございます。
前些日子謝謝你。……057

お待たせ。
久等了。……058

とんでもない。
哪兒的話。/不敢當。……059

せっかくですから。
難得。……060

そろそろ帰りますね。
差不多該回去了。……061

大丈夫です。
沒關係。／沒問題。……062

02 道歉、原諒、感謝

ありがとうございます。
謝謝。……064

どうも。
你好。／謝謝。……065

どうもご親切に。
謝謝你的好意。……066

お世話になりました。
受您照顧了。……067

ありがたいです。
很感激。……068

すみません。
對不起。／不好意思。……069

申し訳ありません。
深感抱歉。……070

ご迷惑をおかけして。
造成困擾。……071

わたしのせいだ。
都是我的錯。……072

恐れ入ります。
抱歉。／不好意思。……073

ごめんなさい。
對不起。……074

許してください。
請原諒我。……075

失礼しました。
抱歉，我失禮了。……076

悪い。
對不起。……077

気にしないでください。
不要在意。……078

大丈夫です。
沒事。......079
今後気をつけます。
我以後會小心。......080
大したものじゃありません。
不是什麼貴重的東西。......081
どういたしまして。
不客氣。......082
こちらこそ。
彼此彼此。......083
人違いでした。
認錯人。......084
謝りなさい。
快道歉。......085
謝っても、もう遅い。
現在道歉已經太晚了。......086

03 稱讚

おいしい。
好吃。......088
好みの味だ。
喜歡的口味。......089
おいしそう。
看起來好好吃。......090
意外と
意外地。......091
すごくよかった。
非常好。......092
かわいい。
可愛。......093

いいな。
真好。……094

世界一だ。
世界第一。……095

すごい。
很棒。……096

一段とおきれいで。
比平常更美。……097

最高。
超級棒。／最好的。……098

素晴らしい！
真棒！／很好！……099

ラッキー！
真幸運。……100

いいアイデアだ。
真是個好主意。……101

かっこいい！
好酷喔！……102

男らしい。
男子氣概。……103

歌がうまい
唱得真好。……104

上手。
很拿手。……105

04 抱怨、批評

遅いな。
真慢。……108

待ちくたびれたよ。
等好久了。……109

また？
又來了？……110
期待したほどじゃなかった。
沒有預期中的好。……111
どうしてもできない。
不管怎樣都辦不到。……112
最低。
很差勁。……113
バカじゃないの？
太扯了吧？……114
ダサい。
很醜。……115
いい加減うんざり。
真是讓人厭煩。……116
行儀が悪いな。
沒有教養。……117
吐き気がする。
看到就想吐。……118
もうたくさんだ。
我受夠了。……119
それはないでしょう？
這樣說不過去吧？……120
嘘ばっかり。
滿口謊言。……121
わがままだよね。
真是任性。……122
みっともない。
成何體統。……123
だから言ったじゃない。
我早就說過了吧。……124
ひどい。
真過份！／很嚴重。……125
うるさい。
很吵。……126

関係ない。
不相關。…… 127

いい気味だ。
活該。…… 128

意地悪。
捉弄。／壞心眼。…… 129

ずるい
真奸詐。／真狡猾。…… 130

つまらない。
真無趣。…… 131

変だね。
真奇怪。…… 132

嘘つき。
騙子。…… 133

損した。
虧大了。…… 134

面倒なことになった。
很棘手。…… 135

大変。
真糟。…… 136

せっかく作ったのに。
難得我特地做了！…… 137

なんだ。
什麼嘛！…… 138

おかしい。
好奇怪。…… 139

まったく。
真是的！…… 140

けち。
小氣。…… 141

飽きた。
膩了。…… 142

おしゃべり。
大嘴巴！…… 143

よくない。
不太好。..144

下手。
不擅長。／笨拙。................................145

05 詢問

最近どうですか？
最近過得如何？..................................148

いかがですか？
怎麼樣？..149

気に入っていますか？
喜歡嗎？..150

お名前はなんとおっしゃいますか？
請問大名？......................................151

どんなお仕事をされていらっしゃいますか？
請問您從事什麼工作。............................152

歳はいくつですか？
請問你幾歲？....................................153

どうしてですか？
為什麼？..154

なんでですか？
為什麼？..155

本当ですか？
真的嗎？..156

うそでしょう？
你是騙人的吧？..................................157

いつですか。
什麼時候？......................................158

何時からですか。
從幾點開始？....................................159

何時(なんじ)ですか？
幾點呢？……160

どこで会(あ)いましょうか？
要在哪裡碰面？……161

どちらへ？
要去哪裡？……162

どれぐらいかかりますか？
要花多少時間？／要花多少錢？……163

何曜日(なんようび)ですか？
星期幾？……164

何(なん)の日(ひ)ですか？
是什麼日子？……165

どなたですか？
請問是哪位？……166

私(わたし)のメガネ知(し)りませんか？
有人看到我的眼鏡嗎？……167

知(し)っていますか？
你知道嗎？／你認識嗎？……168

本屋(ほんや)はありますか？
有書店嗎？……169

誰(だれ)のですか？
是誰的？……170

何(なに)かお探(さが)しですか？
在找什麼嗎？……171

何(なに)かお困(こま)りですか？
需要幫忙嗎？……172

どうしたんですか？
怎麼了？……173

何(なに)かあったの？
發生什麼事了？……174

いいことあった？
有什麼好事發生嗎？……175

日本語(にほんご)で何(なん)と言(い)いますか？
日文怎麼說？……176

ご存知でしょうか？
您知道嗎？……177

どうすればいいですか？
該怎麼辦才好？……178

どのように行けばいいですか？
該怎麼去比較好？……179

どう思う？
你覺得呢？……180

込んでいるでしょうか？
應該很塞吧？……181

一緒にしませんか？
要不要一起？……182

それでいいですよね。
這樣可以吧？……183

何？
什麼？……184

寒いの？
會冷嗎？……185

うまくいってる？
還順利嗎？……186

なんでだろう？
為什麼呢？……187

理由は何ですか？
是什麼原因呢？……188

なんで知ってるの？
為什麼你知道？……189

お時間よろしいでしょうか？
你有空嗎？……190

今、いい？
現在有空嗎？……191

気にならない？
你不感興趣嗎？……192

聞いてる？
你在聽嗎？……193

誰に聞いたの？
你聽誰說的？……194

食べ物に好き嫌いはありますか。
你挑食嗎？……195

安くていいところある？
有又便宜又好的地方嗎？……196

寂しくないの？
不寂寞嗎？……197

知らないの？
你不知道嗎？……198

ほかのありませんか？
有其他的嗎？……199

いくら？
多少錢？／幾個？……200

どんな？
什麼樣的？……201

どういうこと？
怎麼回事？……202

どういう意味？
什麼意思？……203

何ですか？
什麼事？……204

どれ？
哪一個？……205

あの人じゃない？
不是那個人嗎？……206

何と言いますか？
該怎麼說呢？……207

食べたことがありますか？
有吃過嗎？……208

いかがですか？
如何呢？……209

今日の調子はどうですか？
今天的狀況如何？……210

こんな感じでいい？
這樣如何？……211

いつ都合がいい？
什麼時候有空？……212

将来、何がしたいの？
你將來想做什麼？……213

誰の番？
輪到誰？……214

06 請求

頂いてもよろしいですか？
可以給我嗎？／可以拿嗎？……216

貸していただけませんか？
可以借我嗎？……217

お願いします。
拜託。……218

仲間に入れて。
讓我加入。……219

試着してもいいですか？
可以試穿嗎？……220

どうか、お願い。
拜託你了。……221

からかわないで。
別嘲笑我。……222

勘弁してよ。
饒了我吧！……223

待って。
等一下。……224

手伝って。
幫幫我。……225

これください。
請給我這個。......226

頼む。
拜託。......227

助けて。
救救我。......228

訳してくれませんか？
可以翻譯給我聽嗎？......229

ちょうだい。
給我。......230

もらえませんか？
可以嗎？......231

買ってくれない？
可以買給我嗎？......232

07 邀請

一緒に食べましょうか？
一起去吃吧？......234

お茶でも飲みましょうか？
要不要去喝個什麼？......235

一杯どうですか？
要不要喝一杯（酒）？......236

ご飯に行こう。
去吃飯吧。......237

おしゃべりしようよ。
一起聊一聊。......238

入ってみようよ。
進去看看吧。......239

遊ぼうよ。
一起來玩。......240

来てください。
請過來。......241

08 勸告、禁止、命令

言ってみて。
説出來看看。......244

気をつけてください。
請小心。......245

静かにしていただけませんか？
可以請你安靜嗎？......246

顔出してね。
來露個面吧。......247

買ってきて。
買回來。......248

とりあえず一度食べてみて。
總之試一口看看。......249

手で食べちゃだめ。
不可以用手吃。......250

やめて。
快停止。......251

早く。
快點。......252

言い訳しないで。
不要找藉口。......253

勘違いしないで。
不要誤會。......254

黙ってて。
閉嘴。......255

分かったふりをしないで。
不要裝懂。......256

忘れないで。
別忘了。……257

落ち着いて。
冷靜下來。……258

慌てるなよ。
不要慌張。……259

邪魔しないで。
不要礙事。……260

もう少し我慢して。
再忍一下。……261

考え直しなよ。
重新考慮一下吧。……262

遠慮しないで。
不用客氣。……263

どいて。
讓開！……264

理屈を言うな。
少強詞奪理。……265

せかすなよ。
別催我啦！……266

任せて。
交給我。……267

時間ですよ。
時間到了。……268

ご案内しましょうか？
讓我為你介紹吧！……269

危ない！
危險！／小心！……270

自分でしなさいよ。
你自己做啦。……271

考えすぎないほうがいいよ。
別想太多比較好。……272

やってみない？
要不要試試？……273

割り勘にしよう。
各付各的。......274

09 安慰、激勵

頑張れ。
加油。......276
忘れなよ。
忘了它吧。......277
気にしない。
別在意。......278
今度はうまくいくよ。
下次會順利的。......279
心配しないで。
別擔心。......280
無理しないでください。
別勉強自己。......281
すぐに慣れる。
很快就會習慣了。......282
やる気さえあれば大丈夫。
只要有心就沒問題。......283
努力した甲斐があったね。
努力有了代價。......284
びびるな。
不要害怕。......285
元気を出してください。
打起精神來。......286
頑張って。
加油。......287
なんとかなる。
船到橋到自然直。......288

応援するよ。
我支持你。……289

10 情緒－喜樂

満足だった。
很滿足。……292

楽しみだね。
很期待。……293

ちょうどよかった。
剛好。……294

夢みたい。
像做夢一樣。……295

ついてるよ。
運氣好。……296

気が楽になった。
輕鬆多了。……297

そう言ってくれるとうれしい。
很高興聽你這麼說。……298

よかった。
還好。／好險。……299

11 情緒－哀、怒

忘れてしまいました！
我忘記了。……302

どうしよう？
怎麼辦？……303

わかったってば。
我知道了啦！......304

かわいそうに
真可憐。......305

嫌になったよ。
厭煩了。......306

残念だね。
真可惜。......307

ほっといて。
別管我。......308

興味ない。
沒興趣。......309

私には関係ない。
和我沒關係。......310

知りたくもない。
完全不想知道。......311

どうでもいいよ。
隨便。／無所謂。......312

後悔してるんだ。
很後悔。......313

悔しくてたまらない。
十分不甘心。......314

ついていない。
不走運。......315

死にそう。
快死了。......316

胸が痛かった。
很心疼。......317

悩んでいる。
很煩惱。......318

泣けてきた。
感動得想哭。......319

まいった。
甘拜下風。／敗給你了。......320

もう終わりだ！
我完蛋了。......321

12 情緒－其他

まさか！
不會吧！......324

意外だね。
真是意外。......325

仕方ない。
莫可奈何。......326

意外と安かった。
出乎意料地便宜。......327

びっくりした。
嚇我一跳。......328

行けばよかった。
要是有去就好了。......329

ハラハラした。
捏了把冷汗。......330

思いもよらなかった。
出乎意料。......331

羨ましい。
真羨慕。......332

不安で仕方がない。
十分不安。......333

恥ずかしい！
真丟臉！......334

もったいない。
浪費。......335

緊張してる。
緊張。......336

怪しい。
很可疑。／很奇怪。........................337

胸が熱くなった。
感動。........................338

気になって仕方ない。
很在意。........................339

肩の荷が重い。
責任重大。........................340

パニック状態だった。
陷入一陣慌亂中。........................341

一生忘れない。
畢生難忘。........................342

頑張らなきゃ。
要加油才行。........................343

イライラする。
不耐煩。........................344

残念。
可惜。........................345

ほっとした。
鬆了一口氣。........................346

ショック。
受到打擊。........................347

しまった。
糟了！........................348

信じられない！
真不敢相信！........................349

感動しました。
真是感動。........................350

自信ないなあ。
我也沒什麼把握。........................351

迷っている。
很猶豫。／迷路。........................352

たまらない。
受不了。／忍不住。........................353

わたしの負け。
我認輸。……354

13 身體狀況

食べ過ぎた。
吃太多了。……356

記憶が飛んじゃって。
失去了記憶。……357

お腹を壊した。
拉肚子。……358

吐き気がしてきた。
想吐。……359

痛い。
真痛。……360

気持ち悪い。
覺得好不舒服喔！……361

お腹がすいて死にそう。
肚子餓到不行。……362

14 同意

まあね。
算是吧。／大概吧。……364

そうそう。
沒錯沒錯。……365

やっぱり。
果然如此。……366

わかった。
我知道了。／了解。……367

どうりで。
難怪。……368

そうなんだ。
這樣啊。……369

私も。
我也是。……370

まったくそのとおり。
真的就如同那樣。……371

それならいいね。
如果是這樣就好了。……372

いいね。
真好。／好啊。……373

そうだと思う。
我想是的。……374

なるほど
原來如此。……375

そりゃそうだよ。
理所當然。……376

そうとも言えるね。
這麼說也有道理。……377

もちろん。
當然。……378

それもそうだ。
説得也對。……379

そうかも。
也許是這樣。……380

わたしも。
我也是。……381

賛成。
贊成。……382

いいと思う。
我覺得可以。……383

どっちでもいい。
都可以。／隨便。........384

15 反對、否認、拒絕

そう？
是嗎？........386

そうじゃなくて。
不是那樣的。........387

よくわかりません。
我不太清楚。........388

知らない。
不知道。........389

そんなはずない。
不可能。........390

なんでもない。
沒事。........391

さあ。
不知道。........392

見てるだけです。
我只是看看。........393

私に聞かないで。
不要問我。........394

認められない。
無法認同。........395

そんなつもりはない。
沒那個意思。........396

結構です。
好的。／不用了。........397

そうとは思わない。
我不這麼認為。........398

それにしても。
即使如此。……399

そんなことない。
沒這回事。……400

ちょっと。
有一點。……401

絶対いやだ。
絕對不要。……402

嫌だ。
不要。／討厭。……403

無理です。
不可能。……404

別に。
沒什麼。／不在乎。……405

今忙しいんだ。
我現在正在忙。……406

できない。
辦不到。……407

だめ。
不行。……408

16 興趣、喜好

かなりはまってる。
很入迷。……410

苦手。
不喜歡。／不擅長。……411

好きです。
喜歡。……412

嫌いです。
不喜歡。……413

気に入って。
很中意。……414

食べたい。
想吃。……415

はい。
好。／是。……416

いいえ。
不好。／不是。……417

えっと。
呃…。……418

実は…。
其實…。……419

あのね。
那個。……420

なんて言うか。
該怎麼説。……421

そういえば。
這麼説來。／對了。……422

いいこと思いついた。
想到一個好主意。……423

簡単に言えば。
簡單地説。……424

ささやかな品ですが。
只是小東西。……425

恐れ入りますが。
打擾了。……426

Chapter. 01

日常問候

Track-005

はじめまして。

ha.ji.me.ma.shi.te.

初次見面。

說明

「はじめまして」是第一次的意思，表示第一次見面。

會話

A：はじめまして。田中恵理(たなかえり)です。
ha.ji.me./ma.shi.te./ta.na.ka./ri.e./de.su.
初次見面，我是田中惠理。

B：お会(あ)いできてうれしいです。私(わたし)は山田(やまだ)優子(ゆうこ)です。
o.a.i./de.ki.te./u.re.shi.i./de.su./wa.ta.shi.wa./ya.ma.da./yu.u.ko./de.su.
很高興見到你，我是山田優子。

相關短句

お初(はつ)にお目(め)にかかります。
o.ha.tsu.ni./o.me.ni./ka.ka.ri.ma.su.
初次見面。

初(はじ)めてお会(あ)いします。
ha.ji.me.te./o.a.i.shi.ma.su.
初次見面。

こんにちは。

ko.n.ni.chi.wa.

你好。

說明

除了早安和晚安外，在白天其他時間見面問好時，就用「こんにちは」。

會話

A：こんにちは。
kon.ni.chi.wa.
你好。

B：こんにちは、いい天気（てんき）ですね。
kon.ni.chi.wa./i.i.ten.ki.de.su.ne.
你好，今天天氣真好呢！

相關短句

どうも、こんにちは。
do.u.mo./ko.n.ni.chi.wa.
你好。

いや、元気（げんき）？
i.ya./ge.n.ki.
你好嗎？

Track-006

お久しぶりです。

o.hi.sa.shi.bu.ri./de.su.

好久不見。

說明

遇到好久不見的朋友，開頭問候時會加上「お久しぶりです」。

會話

A：お久しぶりですね。
o.hi.sa.shi.bu.ri./de.su.ne.
好久不見了。

B：本当に、どれくらいぶりでしょうか？
ho.n.to.u.ni../do.re.ku.ra.i.bu.ri./de.sho.u.ka.
真的，有多久沒見了？

相關短句

久しぶり。
hi.sa.shi.bu.ri.
好久不見。

ご無沙汰しております。
go.bu.sa.ta./shi.te./o.ri.ma.su.
好久不見。

Track-006

お元気(げんき)ですか？

o.ge.n.ki./de.su.ka.

你好嗎？

說明

在遇到許久不見的朋友時可以用這句話來詢問對方的近況。但若是經常見面的朋友，則不會使用這句話。

會話

A：田口(たぐち)さん、久(ひさ)しぶりです。お元気(げんき)ですか？
ta.gu.chi.sa.n./hi.sa.shi.bu.ri.de.su./o.ge.n.ki.de.su.ka.
田口先生，好久不見了。近來好嗎？

B：ええ、おかげさまで元気(げんき)です。鈴木(すずき)さんは？
e.e./o.ka.ge.sa.ma.de./ge.n.ki.de.su./su.zu.ki.sa.n.wa.
嗯，託你的福，我很好。鈴木先生你呢？

相關短句

元気(げんき)？
ge.n.ki.
還好嗎？

ご家族(かぞく)は元気(げんき)ですか。
go.ka.zo.ku.wa./ge.n.ki.de.su.ka.
家人都好嗎？

Track-007

おやすみ。

o.ya.su.mi.

晚安。

說明

晚上睡前道晚安，祝福對方也有一夜好眠。

會話

A：眠（ねむ）いから先（さき）に寝（ね）るわ。
ne.mu.i.ka.ra./sa.ki.ni.nu.ru.wa.
我想睡了，先去睡囉。

B：うん、おやすみ。
u.n./o.ya.su.mi.
嗯，晚安。

相關短句

おやすみなさい。
o.ya.su.mi.na.sa.i.
晚安。

では、おやすみなさい。
de.wa./o.ya.su.mi.na.sa.i.
那麼，晚安了。

お先(さき)に失礼(しつれい)します。

o.sa.ki.ni./shi.tsu.re.i./shi.ma.su.

我先離開了。

說明

用於要先離開的時候。

會話

A：では、お先(さき)に失礼(しつれい)します。
de.wa./o.sa.ki.ni./shi.tsu.re.i./shi.ma.su.
那麼，我先離開了。

B：お疲(つか)れ様(さま)でした。
o.tsu.ka.re.sa.ma.de.shi.ta.
辛苦了。

相關短句

これで失礼(しつれい)します。
ko.re.de./shi.tsu.re.i./shi.ma.su.
那我先告辭了。

では、失礼(しつれい)いたします。
de.wa./shi.tsu.re.i./i.ta.shi.ma.su.
那麼我就告辭了。

Track-008

さようなら。

sa.yo.na.ra.

再會。

說明

「さようなら」多半是用在雙方下次見面的時間是很久以後，或者是其中一方要到遠方時。若是和經常見面的人道別，則是用「じゃ、また」就可以了。

會話

A：じゃ、また連絡(れんらく)しますね。
ja./ma.ta.re.n.ra.ku.shi.ma.su.ne.
那麼，我會再和你聯絡的。

B：ええ、さようなら。
e.e./sa.yo.u.na.ra.
好的，再會。

相關短句

じゃね。
ja.ne.
再見。

バイバイ。
ba.i.ba.i.
bye-bye。

お疲れ様。

o.tsu.ka.re.sa.ma.

辛苦了。

說明

當工作結束後，或是在工作場合遇到同事、上司時，都可以用「お疲れ様」來慰問對方的辛勞。至於上司慰問下屬辛勞，則可以用「ご苦労様」「ご苦労様でした」「お疲れ」「お疲れさん」。

會話

A：ただいま戻りました。
ta.da.i.ma.mo.do.ri.ma.shi.ta.
我回來了。

B：おっ、田中さん、お疲れ様でした。
o.ta.na.ka.sa.n./o.tsu.ka.re.sa.ma.de.shi.ta.
喔，田中先生，你辛苦了。

相關短句

お仕事お疲れ様でした。
o.shi.go.to./o.tsu.ka.re.sa.ma.de.shi.ta.
工作辛苦了。

では、先に帰ります。お疲れ様でした。
de.wa./sa.ki.ni.ka.e.ri.ma.su./o.tsu.ka.re.sa.ma.de.shi.ta.
那麼，我先回家了。大家辛苦了。

Track-009

おかげさまで。

o.ka.ge.sa.ma.de.

託您的福。

接到別人道賀時，會用這句話來表示託對方的福。

會話

A：その後(ご)、いかがお過(す)ごしでしたか？

so.no.go./i.ka.ga./o.su.go.shi./de.shi.ta.ka.

那之後你過得如何呢？

B：おかげさまで無事(ぶじ)に過(す)ごしていました。

o.ka.ge.sa.ma.de./bu.ji.ni./su.go.shi.te./i.ma.shi.ta.

託您的福我過得很平安。

相關短句

おかげさま。

o.ka.ge.sa.ma.

託福。

お力添(ちからぞ)えがあってこそ。

o.cho.ka.ra.zo.e.ga./a.tte.ko.so.

都是因為有您的幫忙。

Track-009

じゃあ、またあとで。

ja.a./ma.ta.a.to.de.

那麼，待會見。

說明

用於和朋友只是暫時分開，馬上又會再見面的情況。或是在講完電話後馬上會碰面。

會話

A：遅(おく)れるようなら電話(でんわ)するね。
o.ku.re.ru.yo.u.na.ra./de.n.wa.su.ru.ne.
如果會遲到的話，我再打電話告訴你。

B：わかった。じゃあ、またあとで。
wa.ka.tta./ja.a./ma.ta.a.to.de.
了解，那待會見。

相關短句

それでは、また。
so.re.de.wa./ma.ta.
再見。

またあとで。
ma.ta.a.to.de.
待會見。

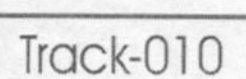

行ってきます。

i.tte.ki.ma.su.

我出門了。

用於出門或是出發時。

會話

A：行ってきます。
i.tte./ki.ma.su.
我出門了。

B：おう、気をつけていっておいで。
o.u./ki.o.tsu.ke.te./i.tte.o.i.de.
好，自己小心喔。

相關短句

じゃ、行ってきます。
ja./i.tte.ki.ma.su.
那麼我走了。

行ってまいります。
i.tte.ma.i.ri.ma.su.
我出發了。

Track-010

いってらっしゃい。

i.tte.ra.ssha.i.

慢走。

說明

用於家人、同事外出的時候。

會話

A：気をつけていってらっしゃい。
ki.o.tsu.ke.te./i.tte.ra.ssha.i.
路上小心，慢走。

B：うん、行ってくるね。
u.n./i.tte.ku.ru.ne.
嗯，那我走了。

相關短句

おはよう、行ってらっしゃい。
o.ha.yo.u./i.tte.ra.ssha.i.
早啊，請慢走。

行ってらっしゃい。早く帰ってきてね。
i.tte.ra.ssha.i./ha.ya.ku.ka.e.te.ki.te.ne.
請慢走。早點回來喔！

 Track-011

おはようございます。

o.ha.yo.u./go.za.i.ma.su.

早安。

說明

在早上遇到人時都可以用「おはようございます」來打招呼，較熟的朋友可以只說「おはよう」。另外在職場上，當天第一次見面時，就算不是早上，也可以說「おはようございます」。

會話

A：課長、おはようございます。
ka.cho.u./o.ha.yo.u./go.za.i.ma.su.
課長，早安。

B：おはよう。今日も暑いね。
o.ha.yo.u./kyo.u.mo./a.tsu.i.ne.
早安。今天還是很熱呢！

相關短句

おはよう。
o.ha.yo.u.
早安。

おはようございます。気持ちのいい朝になりましたね。
o.ha.yo.u./go.za.i.ma.su./ki.mo.chi.no./i.i.a.sa.ni./na.ri.ma.shi.ta.ne.
早，今天早上天氣很不錯呢。

Track-011

ただいま。

ta.da.i.ma.

我回來了。

說明

用於回到家或是回到公司時，原句是「只今戻(ただいまもど)りました」。

會話

A：ただいま。
ta.da.i.ma.
我回來了。

B：なんでこんなに遅(おそ)かったの？
na.n.de./ko.n.na.ni./o.so.ka.tta.no.
怎麼這麼慢？

A：ただいま。
ta.da.i.ma.
我回來了。

B：お帰(かえ)りなさい、今日(きょう)はどうだった？
o.ka.e.ri.na.sa.i./kyo.u.wa.do.u.da.tta.
歡迎回來。今天過得如何？

お帰り。

（かえ）

o.ka.e.ri.

歡迎回來。

說明

遇到從外面歸來的家人或朋友，表示自己歡迎之意時，會說「お帰り」，順便慰問對方在外的辛勞。

會話

A：ただいま。
ta.da.i.ma.
我回來了。

B：お帰り（かえ）。今日（きょう）は遅（おそ）かったね。何（なに）かあったの？
o.ka.e.ri./kyo.u.wa.o.so.ka.tta.ne./na.ni.ka.a.tta.no.
歡迎回來。今天可真晚，發生什麼事嗎？

相關短句

お母（かあ）さん、お帰（かえ）りなさい。
o.ka.a.sa.n./o.ka.e.ri.na.sa.i.
媽媽，歡迎回家。

由紀君（ゆきくん）、お帰（かえ）り。テーブルにおやつがあるからね。
yu.ki.ku.n./o.ka.e.ri./te.e.bu.ru.ni./o.ya.tsu.ga.a.ru.ka.ra.ne.
由紀，歡迎回來。桌上有點心喔！

じゃ、また。

ja./ma.ta.

下次見。

說明

這句話多半使用在和較熟識的朋友道別的時候，另外在通mail或簡訊時，也可以用在最後，當作「再聯絡」的意思。另外也可以說「では、また」。

會話

A：あっ、チャイムが鳴(な)った。早(はや)く行(い)かないと怒(おこ)られるよ。

a./cha.i.mu.ga.na.tta./ha.ya.ku.i.ka.na.i.to./o.ko.ra.re.ru.yo.

啊！鐘聲響了。再不快走的話就會被罵了。

B：じゃ、またね。

ja./ma.ta.ne.

那下次見囉！

相關短句

じゃ、また明日(あした)。

ja./ma.ta.a.shi.ta.

明天見。

じゃ、また会(あ)いましょう。

ja./ma.ta.a.i.ma.sho.u.

有緣再會。

どうぞ。

do.u.zo.

請。

說明

等於中文裡的「請」。

會話

A：どうぞ、おあがりください。
do.u.zo./o.a.ga.ri.ku.da.sa.i.
請進請進。

B：落(お)ち着(つ)いていて、きれいなお住(すま)いですね。
o.chi.tsu.i.te.i.te./ki.re.i.na./o.su.ma.i./de.su.ne.
真是漂亮又讓人感到自在的家。

相關短句

どうぞお先(さき)に。
do.u.zo./o.sa.ki.ni.
您先請。

はい、どうぞ。
ha.i./do.u.zo.
請。

お大事に。

o.da.i.ji.ni.

請好好保重。

說明

前往探視生病的人，請對方保重身體好好養病時使用的句子。

會話

A：お見舞いに来てくださってありがとうございました。
o.mi.ma.i.ni./ki.te.ku.da.sa.tte./a.ri.ga.to.u./go.za.i.ma.shi.ta.
謝謝你來探病。

B：お大事に。
o.da.i.ji.ni.
請你好好保重身體。

相關短句

どうぞお大事になさってください。
do.u.zo./o.da.i.ji.ni./na.sa.tte./ku.da.sa.i.
請保重身體。

一日も早いご回復をお祈りしております。
i.chi.ni.chi.mo./ha.ya.i./ka.i.fu.ku.o./o.i.no.ri.shi.te./o.ri.ma.su.
希望您能早日康復。

 Track-014

おめでとうございます。

o.me.de.to.u./go.za.i.ma.su.

恭喜。

説明

用於恭賀對方的時候。

會話

A：新居に引っ越されたそうですね。おめでとうございます。
shi.n.kyo.ni./hi.kko.sa.re.ta./so.u.de.su.ne./o.me.de.to.u./go.za.i.ma.su.
聽說你搬家了，恭喜。

B：ありがとうございます。一度遊びに来てください。
a.ri.ga.to.u./go.za.i.ma.su./i.chi.do./a.so.bi.ni./ki.te.ku.da.sa.i.
謝謝，有空來玩。

相關短句

お誕生日おめでとう。
o.ta.n.jo.u.bi./o.me.de.to.u.
生日快樂。

明けましておめでとうございます。
a.ke.ma.shi.te./o.me.de.to.u./go.za.i.ma.su.
新年快樂。

よろしくお願(ねが)いします。

yo.ro.shi.ku./o.ne.ga.i.shi.ma.su.

請多指教。

用於請對方多多指教。

會話

A：はじめまして、田中(たなか)と申(もう)します。どうぞよろしくお願(ねが)い致(いた)します。

ha.ji.me.ma.shi.te./ta.na.ka.to./mo.u.shi.ma.su./do.u.zo.yo.ro.shi.ku./o.ne.ga.i./i.ta.shi.ma.su.

初次見面，我姓田中，請多指教。

B：こちらこそ、よろしくお願(ねが)いします。

ko.chi.ra.ko.so./yo.ro.shi.ku./o.ne.ga.i.shi.ma.su.

彼此彼此，請多多指教。

相關短句

どうぞよろしくお願(ねが)い申(もう)し上(あ)げます。

do.u.zo./yo.ro.shi.ku./o.ne.ga.i./mo.u.shi.a.ge.ma.su.

請多多指教。

何卒宜(なにとぞよろ)しくお願(ねが)い申(もう)しあげます。

na.ni.to.zo./yo.ro.shi.ku./o.ne.ga.i./mo.u.shi./a.ge.ma.su.

請多多指教。

Track-015

私のかわりによろしくお伝えください。

wa.ta.shi.no./ka.wa.ri.ni./yo.ro.shi.ku./o.tsu.ta.e./ku.da.sa.i.

請代我問好。

說明

用於請別人代為問好的情況。「お伝えください」是「請代為轉達」的意思。

會話

A：来週の歓迎会に行きますか？
ra.i.shu.u.no./ka.n.ge.i.ka.i.ni./i.ki.ma.su.ka.
下星期的歡迎會你要來嗎？

B：その日用事があって行けないんです。私のかわりによろしくお伝えください。
so.no.hi./yo.u.ji.ga.a.tte./i.ke.na.i.n.de.su./wa.ta.shi.no./ka.wa.ri.ni./yo.ro.shi.ku./o.tsu.ta.e./ku.da.sa.i.
我那天有事不能去，請代我向大家問好。

相關短句

みんなによろしく伝えて。
mi.n.na.ni.yo.ro.shi.ku.tsu.ta.e.te.
代我向大家問好。

ご家族によろしくお伝えください。
go.ka.zo.ku.ni./yo.ro.shi.ku.o./tsu.da.e.te.ku.da.sa.i.
代我向你家人問好。

Track-015

いただきます。

i.ta.da.ki.ma.su.

開動了。

說明

日本人用餐前，都會說「いただきます」，即使是只有自己一個人用餐的時候也照說。這樣做表現了對食物的感激和對料理人的感謝。

會話

A：わあ、おいしそう！お兄（にい）ちゃんはまだ？
wa.a./o.i.shi.so.u./o.ni.i.cha.n.wa./ma.da.
哇，看起來好好吃喔！哥哥他還沒回來嗎？

B：今日（きょう）は遅（おそ）くなるって言（い）ったから、先（さき）に食（た）べてね。
kyo.u.wa./o.so.ku.na.ru.tte./i.tta.ka.ra./sa.ki.ni.ta.be.te.ne.
他說今天會晚一點，你先吃吧！

A：やった！いただきます。
ya.tta./i.ta.da.ki.ma.su.
太好了！開動了。

相關短句

お先（さき）にいただきます。
o.sa.ki.ni./i.ta.da.ki.ma.su.
我先開動了。

Track-016

いらっしゃい。

i.ra.ssha.i.

歡迎。

說明

到日本旅遊進到店家時，第一句聽到的就是這句話。而當別人到自己家中拜訪時，也可以用這句話表示自己的歡迎之意。

會話

A：いらっしゃい、どうぞお上（あ）がりください。
i.ra.ssha.i./do.u.zo.u./o.a.ga.ri.ku.da.sa.i.
歡迎，請進來坐。

B：失礼（しつれい）します。
shi.tsu.re.i.shi.ma.su.
打擾了。

相關短句

いらっしゃいませ。
i.ra.ssha.i.ma.se.
歡迎光臨。

ようこそ。
yo.u.ko.so.
歡迎。

もしもし。

mo.shi.mo.shi.

喂。

說明

當電話接通時所講的第一句話，用來確認對方是否聽到了。

會話

A：もしもし、田中(たなか)さんですか？
mo.shi.mo.shi./ta.na.ka.sa.n.de.su.ka.
喂，請問是田中嗎？

B：はい、そうです。
ha.i./so.u.de.su.
是的，我就是。

相關短句

では、失礼(しつれい)します。
de.wa./shi.tsu.re.i.shi.ma.su.
那麼我掛電話了。

もしもし。田中(たなか)でございます。
mo.shi.mo.shi./ta.na.ka.de./go.za.i.ma.su.
喂，我是田中。

Track-017

よい一日(いちにち)を。

yo.i.i.chi.ni.chi.o.

祝你有美好的一天。

說明

「よい」在日文中是「好」的意思，後面接上了「一日」就表示祝福對方能有美好的一天。

會話

A：では、よい一日(いちにち)を。
de.wa./yo.i.i.chi.ni.chi.o.
那麼，祝你有美好的一天。

B：よい一日(いちにち)を。
yo.i.i.chi.ni.chi.o.
也祝你有美好的一天。

相關短句

よい休日(きゅうじつ)を。
yo.i.kyu.u.ji.tsu.o.
祝你有個美好的假期。

よい週末(しゅうまつ)を。
yo.i.shu.u.ma.tsu.o.
祝你有個美好的週末。

Track-017

先日はありがとうございます。

se.n.ji.tsu.wa./a.ri.ga.to.u./go.za.i.ma.su.

前些日子謝謝你。

說明

「先日」有前些日子的意思，日本人的習慣是受人幫助或是到別人家拜訪後，再次見面時，仍然要感謝對方前些日子的照顧。若是沒有提起的話，有可能會讓對方覺得你很失禮喔！

會話

A：花田さん、先日は結構なものをいただきまして、本当にありがとうございます。
ha.na.da.sa.n./se.n.ji.tsu.wa./ke.kkou.na.mo.no.o./i.ta.da.ki.ma.shi.te./ho.n.to.u.ni.a.ri.ga.to.u./go.za.i.ma.su.
花田先生，前些日子收了您的大禮，真是謝謝你。

B：いいえ、大したものでもありません。
i.i.e./ta.i.shi.ta.mo.no.de.mo./a.ri.ma.se.n.
哪兒的話，又不是什麼貴重的東西。

相關短句

先日はどうもありがとうございました。
se.n.ji.tsu.wa./do.u.mo.a.ri.ga.to.u./go.za.i.ma.shi.ta.
前些日子謝謝你的照顧。

先日は失礼しました。
se.n.ji.tsu.wa./shi.tsu.re.i.shi.ma.shi.ta.
前些日子的事真是感到抱歉。

Track-018

お待(ま)たせ。

o.ma.ta.se.

久等了。

說明

當朋友相約，其中一方較晚到時，就可以說「お待(ま)たせ」。而在比較正式的場合，比如說是面對客戶時，無論對方等待的時間長短，還是會說「お待(ま)たせしました」，來表示讓對方久等了，不好意思。

會話

A：ごめん、お待(ま)たせ。
go.me.n./o.ma.ta.se.
對不起，久等了。

B：ううん、行(い)こうか。
u.u.n./i.ko.u.ka.
不會啦！走吧。

相關短句

お待(ま)たせしました。
o.ma.ta.se.shi.ma.shi.ta.
讓你久等了。

お待(ま)たせいたしました。
o.ma.ta.se.i.ta.shi.ma.shi.ta.
讓您久等了。

Track-018

とんでもない。

to.n.de.mo.na.i.

哪兒的話。/不敢當。

說明

這句話是用於表示謙虛。當受到別人稱讚時，回答「とんでもないです」，就等於是中文的「哪兒的話」。而當自己接受他人的好意時，則用這句話表示自己沒有好到可以接受對方的盛情之意。

會話

A：これ、つまらない物（もの）ですが。

ko.re./tsu.ma.ra.na.i.mo.no.de.su.ga.

送你，這是一點小意思。

B：お礼（れい）をいただくなんてとんでもないことです。

o.re.i.o.i.ta.da.ku.na.n.te./to.n.de.mo.na.i.ko.to.de.su.

怎麼能收你的禮？真是不好意思！

相關短句

身（み）に余（あま）る光栄（こうえい）です。

mi.ni.a.ma.ru./e.i.ko.u.de.su.

真是不敢當。

恐縮（きょうしゅく）です。

kyo.u.shu.ku.de.su.

真是不敢當。

Track-019

せっかくですから。

se.kka.ku.de.su.ka.ra.

難得。

說明

遇到兩人難得相見的場面，可以用「せっかく」來表示機會難得。有時候，則是用説明自己或是對方專程做了某些準備，但是結果卻不如預期的場合。

會話

A：せっかくですから、ご飯（はん）でも行（い）かない？
se.kka.ku.de.su.ka.ra./go.ha.n.de.mo.i.ka.na.i.
難得見面，要不要一起去吃飯？

B：ごめん、ちょっと用（よう）があるんだ。
go.me.n./sho.tto.yo.u.ga.a.ru.n.da.
對不起，我還有點事。

相關短句

せっかくの料理（りょうり）が冷（さ）めてしまった。
se.kka.ku.no.ryo.ri.ga./sa.me.te.shi.ma.tta.
特地做的餐點都冷了啦！

せっかくですが結構（けっこう）です。
se.kka.ku.de.su.ga./ke.kko.u.de.su.
難得你特地邀約，但不用了。

Track-019

そろそろ帰(かえ)りますね。

so.ro.so.ro./ka.e.ri.ma.su.ne.

差不多該回去了。

說明

當預定做一件事的時間快到了，或者是事情快要完成時，可以用「そろそろ」表示一切都差不多了，可以進行下一步了。

會話

A：じゃ、そろそろ帰(かえ)りますね。
ja./so.ro.so.ro.ka.e.ri.ma.su.ne.
那麼，我要回去了。

B：暗(くら)いから気(き)をつけてください。
ku.ra.i.ka.ra./ki.o.tsu.ke.te.ku.da.sa.i.
天色很暗，請小心。

相關短句

そろそろ行(い)かなくちゃ。
so.ro.so.ro.i.ka.na.ku.cha.
差不多該走了。

お先(さき)に失礼(しつれい)します。
o.sa.ki.ni./shi.tsu.re.i.shi.ma.su.
那麼我先告辭了。

 Track-020

だいじょうぶ

大丈夫です。

da.i.jo.u.bu.de.su.

沒關係。／沒問題。

說明

要表示自己的狀況沒有問題，或是事情一切順利的時候，就可以用這句句子來表示。若是把語調提高，則是詢問對方「還好吧？」的意思。

會話

かおいろ　わる　だいじょうぶ

A：顔色が悪いです。大丈夫ですか？

ka.o.i.ro.ga./wa.ru.i.de.su./da.i.jo.u.bu.de.su.ka.

你的氣色不太好，還好嗎？

だいじょうぶ

B：ええ、大丈夫です。ありがとう。

e.e./da.i.jo.u.bu.de.su./a.ri.ga.to.u.

嗯，我很好，謝謝關心。

相關短句

だいじょうぶ

大丈夫だよ。

da.i.jo.u.bu.da.yo.

沒關係。／沒問題的。

げんき

元気です。

ge.n.ki.de.su.

我很好。

Chapter. 02

道歉、原諒、感謝

Track-021

ありがとうございます。

a.ri.ga.to.u./go.za.i.ma.su.

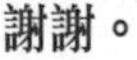
謝謝。

說明

用於道謝。

會話

A：お忙しいのに、お越しくださってどうもありがとうございます。
o.i.so.ga.shi.i.no.ni./o.ko.shi.ku.da.sa.tte./do.u.mo.a.ri.ga.to.u./go.za.i.ma.su.
您這麼忙，還特地過來一趟，真是謝謝你。

B：こちらこそ、お招きありがとうございます。
ko.chi.ra.ko.so./o.ma.ne.ki./a.ri.ga.to.u./go.za.i.ma.su.
彼此彼此，我也要謝謝你邀請我來。

相關短句

ありがとう。
a.ri.ga.to.u.
謝謝。

どうもわざわざありがとう。
do.u.mo./wa.za.wa.sa.a.ri.ga.to.u.
謝謝你的用心。

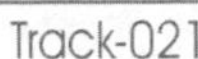
Track-021

どうも。

do.u.mo.

你好。／謝謝。

說明

和比較熟的朋友或是後輩，見面時可以用這句話來打招呼。向朋友表示感謝時，也可以用這句話。

會話

A：そこのお皿(さら)を取(と)ってください。
so.ko.no.o.sa.ra.o./to.tte.ku.da.sa.i.
可以幫我那邊那個盤子嗎？

B：はい、どうぞ。
ha.i./do.u.zo.
在這裡，請拿去用。

A：どうも。
do.u.mo.
謝謝。

相關短句

この間(あいだ)はどうも。
ko.no.a.i.da.wa./do.u.mo.
前些日子謝謝你了。

Track-022

どうも<ruby>ご親切<rt>しんせつ</rt></ruby>に。

do.u.mo./go.shi.n.se.tsu.ni.

謝謝你的好意。

說明

「親切（しんせつ）」指的是對方的好意，和中文的「親切」意思非常相近。當自己接受幫助時，別忘了感謝對方的好意喔！

會話

A：空港（くうこう）までお迎（むか）えに行（い）きましょうか。

ku.u.ko.u.ma.de./o.mu.ka.e.ni.i.ki.ma.sho.u.ka.

我到機場去接你吧！

B：どうもご親切（しんせつ）に。

do.u.mo.go.shi.n.se.tsu.ni.

謝謝你的好意。

相關短句

ご親切（しんせつ）は忘（わす）れません。

go.shi.n.se.tsu.wa./wa.su.re.ma.se.n.

你的好意我不會忘記的。

花田（はなだ）さんは本当（ほんとう）に親切（しんせつ）な人（ひと）だ。

ha.na.da.sa.n.wa./ho.n.to.u.ni./shi.n.se.tsu.na.hi.to.da.

花田小姐真是個親切的人。

お世話(せわ)になりました。

o.se.wa.ni./na.ri.ma.shi.ta.

受您照顧了。

說明

接受別人的照顧，在日文中就稱為「世話(せわ)」。無論是隔壁鄰居，還是小孩學校的老師，都要感謝對方費心照應。

會話

A：いろいろお世話(せわ)になりました。ありがとうございます。
i.ro.i.ro./o.se.wa.ni.na.ri.ma.shi.ta./a.ri.ga.to.u./go.za.i.ma.su.
受到你很多照顧，真的很感謝你。

B：いいえ、こちらこそ。
i.i.e./ko.chi.ra.ko.so.
哪兒的話，彼此彼此。

相關短句

彼(かれ)の世話(せわ)になった。
ka.re.no.se.wa.ni.na.tta.
受他照顧了。

お心遣(こころづか)い本当(ほんとう)にありがとうございました。
o.ko.ko.ro.zu.ka.i./ho.n.to.u.ni./a.ri.ga.to.u./go.za.i.ma.shi.ta.
感謝你的費心。

Track-023

ありがたいです。

a.ri.ga.ta.i.de.su.

很感激。

說明

表示充滿感激，有道謝之意。

會話

A：私が出来る限りのことはいたします。
wa.ta.shi.ga./de.ki.ru./ka.gi.ri.no./ko.to.wa./i.ta.shi.ma.su.
我會盡我的全力。

B：助けていただけるとは、ありがたいです。
ta.su.ke.te./i.ta.da.ke.ru.to.wa./a.ri.ga.ta.i.de.su.
我對你的幫忙心存感激。

相關短句

感謝しています。
ka.n.sha.shi.te.i.ma.su.
很感謝。

ありがたくお礼申し上げます。
a.ri.ga.ta.ku./o.re.i./mo.u.shi.a.ge.ma.su.
謝謝你，我心存感激。

Track-023

すみません。

su.mi.ma.se.n.

對不起。／不好意思。

說明

用於道歉，或是接受了別人好意覺得不好意思時。

會話

A：何番(なんばん)におかけになったんですか。違(ちが)いますよ。
na.n.ba.n.ni./o.ka.ke.ni./na.tta.n.de.su.ka./chi.ga.i.ma.su.yo.
請問你撥的是幾號？打錯電話了。

B：あ、すみません。
a./su.mi.ma.se.n.
啊，對不起。

相關短句

申(もう)し訳(わけ)ございません。
mo.u.shi.wa.ke./go.za.i.ma.se.n.
很抱歉。

すいませんでした。
su.i.ma.se.n.de.shi.ta.
對不起。

Track-024

申(もう)し訳(わけ)ありません。

mo.u.shi.wa.ke.a.ri.ma.se.n.

深感抱歉。

說明

想要鄭重表達自己的歉意，或者是向地位比自己高的人道歉時，只用「すみません」，會顯得誠意不足，應該要使用「申(も)し訳(わけ)ありません」、「申(も)し訳(わけ)ございません」，表達自己深切的悔意。

會話

A：こちらは102号室(いちまるにごうしつ)です。エアコンの調子(ちょうし)が悪(わる)いようです。

ko.chi.ra.wa./i.ch.ma.ru.ni.go.u.shi.tsu.de.su./e.a.ko.n.no.cho.u.shi.ga./wa.ru.i.yo.u.de.su.

這裡是102號房，空調好像有點怪怪的。

B：申(もう)し訳(わけ)ありません。ただいま点検(てんけん)します。

mo.u.shi.wa.ke.a.ri.ma.se.n./ta.da.i.ma.te.n.ke.n.shi.ma.su.

真是深感抱歉，我們現在馬上去檢查。

相關短句

みんなさんに申(もう)し訳(わけ)ない。

mi.n.na.sa.n.ni./mo.u.shi.wa.ke.na.i.

對大家感到抱歉。

申(もう)し訳(わけ)ありませんが、明日(あした)は出席(しゅっせき)できません。

mo.shi.wa.ke.a.ri.ma.se.n./a.shi.ta.wa./shu.sse.ki.de.ki.ma.se.n.

真是深感抱歉，我明天不能參加了。

Track-024

ご迷惑（めいわく）をおかけして。

go.me.i.wa.ku.o./o.ka.ke.shi.te.

造成困擾。

說明

日本社會中，人人都希望盡量不要造成別人的困擾，因此當自己有可能使對方感到不便時，就會主動道歉。

會話

A：ご迷惑（めいわく）をおかけして申（もう）し訳（わけ）ありませんでした。
go.me.i.wa.ku.o./o.ka.ke.shi.te./mo.u.shi.wa.ke.a.ri.ma.se.n.de.shi.ta.
造成您的困擾，真是深感抱歉。

B：今後（こんご）はしっかりお願（ねが）いしますよ。
ko.n.go.wa./shi.kka.ri.o.ne.ga.i.shi.ma.su.yo.
之後你要多注意點啊！

會話

他人（たにん）に迷惑（めいわく）をかけるな！
ta.ni.n.ni./me.i.wa.ku.o.ka.ke.ru.na.
不要造成別人的困擾！

人（ひと）の迷惑（めいわく）にならないように気（き）をつけて。
hi.to.no.me.i.wa.ku.ni./na.ra.na.i.yo.u.ni./ki.o.tsu.ke.te.
小心不要造成別人的困擾。

Track-025

わたしのせいだ。

wa.ta.shi.no.se.i.da.

都是我的錯。

說明

在日文中「せい」是錯誤的意思，「わたしのせいだ」意思就是「這都是我的錯」的意思，而將句中的「わたし」換成其他的名詞，就是把事情失敗的結果歸咎到所説的名詞上面。

會話

A：せっかくのプレゼン、台無し(だいな)にしてしまった。

se.kka.ku.no.pu.re.ze.n./da.i.na.shi.ni.shi.te./shi.ma.tta.

這麼重要的簡報，竟然搞砸了。

B：ごめん、全てはわたしのせいだ。

go.me.n./su.be.te.wa./wa.ta.shi.no.se.i.da.

對不起，全都是我的錯。

相關短句

事故(じこ)のせいで約束(やくそく)の時間(じかん)に遅(おく)れた。

ji.ko.no.se.i.de./ya.ku.so.ku.no.ji.ka.n.ni./o.ku.re.ta.

因為遇上了事故，所以無法在約定的時間趕到。

いったい誰(だれ)のせいだと思(おも)ってるんだ？

i.tta.i./da.re.no.se.i.da.to./o.mo.tte.ru.n.da.

你覺得這到底是誰的錯？

Track-025

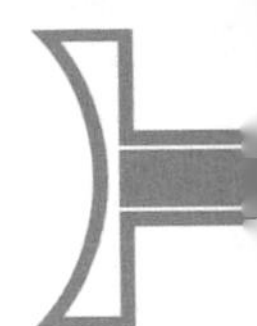

恐(おそ)れ入(い)ります。

o.so.re.i.ri.ma.su.

抱歉。／不好意思。

說明

這句話含有誠惶誠恐的意思，當自己有求於人，又怕對方正在百忙中無法抽空時，就會用這句話來表達自己實在不好意思之意。

會話

A：お休(やす)み中(ちゅう)に恐(おそ)れ入(い)ります。
o.ya.su.mi.chu.u.ni./o.so.re.i.ri.ma.su.
不好意思，打擾你休息。

B：何(なん)ですか？
na.n.de.su.ka.
有什麼事嗎？

相關短句

恐(おそ)れ入りますが、サインをお願(ねが)い致(いた)します。
o.so.re.i.ri.ma.su.ga./sa.i.n.o./o.ne.ga.i./i.ta.shi.ma.su.
不好意思，請在此簽名一下。

まことに恐れ入ります。
ma.ko.to.ni./o.so.re.i.ri.ma.su.
真的很不好意思。

Track-026

ごめんなさい。

go.me.n.na.sa.i.

對不起。

用於道歉的情況，比起「すみません」較不正式。

會話

A：どうしてこんなに遅(おく)れたんですか？
do.u.shi.te./ko.n.na.ni./o.ku.re.ta.n.de.su.ka.
為什麼這麼晚才來？

B：ごめんなさい。寝坊(ねぼう)して遅(おそ)くなってしまいました。
go.me.n.na.sa.i./ne.bo.u.shi.te./o.so.ku.na.tte./shi.ma.i.ma.shi.ta.
對不起，我睡過頭遲到了。

相關短句

申(もう)し訳(わけ)ない。
mo.u.shi.wa.ke.na.i.
對不起。

ごめん。
go.me.n.
對不起。

Track-026

許(ゆる)してください。

yu.ru.shi.te./ku.da.sa.i

請原諒我。

說明

用於請求對方原諒時。

會話

A：許(ゆる)してください。
yu.ru.shi.te./ku.da.sa.i.
請原諒我。

B：今回(こんかい)だけは許(ゆる)してあげるから、もうこんなことをしたらだめだよ。
ko.n.ka.i./da.ke.wa./yu.ru.shi.te./a.ge.ru.ka.ra./mo.u./ko.n.na.ko.to.o./shi.ta.ra./da.me.da.yo.
這次就原諒你，下次不可以再犯了。

相關短句

お許(ゆる)し下さい。
o.yu.ru.shi.ku.da.sa.i.
請原諒我。

何卒(なにとぞ)ご容赦(ようしゃ)ください。
na.ni.to.zo./go.yo.u.sha./ku.da.sa.i.
還請您見諒。

Track-027

しつれい
失礼しました。

shi.tsu.re.i./shi.ma.shi.ta.

抱歉，我失禮了。

因為禮數不周到而向對方表達歉意。

會話

へんじ おく しつれい
A：返事が遅れて失礼しました。
he.n.ji.ga./o.ku.re.te./shi.tsu.re.i.shi.ma.shi.ta.
抱歉我太晚給你回音了。

だいじょうぶ き
B：大丈夫です。気にしないでください。
da.i.jo.u.bu.de.su./ki.ni.shi.na.i.de./ku.da.sa.i.
沒關係，不用在意。

相關短句

しつれい
失礼いたしました。
shi.tsu.re.i./i.ta.shi.ma.shi.ta.
我失禮了。

たいへんしつれい
大変失礼しました。
ta.i.he.n./shi.tsu.re.i.shi.ma.shi.ta.
我真是太失禮了。

Track-027

悪い。

wa.ru.i.

對不起。

說明

用在平輩或是上位對下位者的道歉語句。

會話

A：久しぶりにサッカー見に行こうか？
hi.sa.shi.bu.ri.ni./sa.kka.a.mi.ni./i.kko.u.ka.
好久沒去看足球了，要不要去？

B：悪い。今日娘の誕生日で早く帰らなきゃ。
wa.ru.i./kyo.u.mu.su.me.no./ta.n.jo.u.bi.de./ha.ya.ku./ka.e.ra.na.kya.
對不起，今天女兒生日我要早點回去。

相關短句

私が悪かったです。
wa.ta.shi.ga./wa.ru.ka.tta.de.su.
是我的錯。

ごめんね。
go.me.n.ne.
對不起。

Track-028

気にしないでください。

ki.ni./shi.na.i.de./ku.da.sa.i.

不要在意。

說明

當對方道歉時，請對方不要在意。

會話

A：私のせいで社長に何か言われたでしょう？

wa.ta.shi.no./se.i.de./sha.cho.u.ni./na.ni.ka./i.wa.re.ta./de.sho.u.

都是因為我，害你被社長罵了對不對？

B：そんなに気にしないでください。

so.n.na.ni./ki.ni./shi.na.i.de./ku.da.sa.i.

請你不要在意。

相關短句

そこまで謝ってくれなくてもいいよ。

so.ko.ma.de./a.ya.ma.tte./ku.re.na.ku.te.mo./i.i.yo.

不必這麼慎重的道歉啦。

気にしないでいいよ。

ki.ni.shi.na.i.de./i.i.yo.

不必在意啦。

大丈夫(だいじょうぶ)です。

da.i.jo.u.bu.de.su.

沒事。

說明

表示自己沒事，請對方不必擔心。

會話

A：すみません。怪我(けが)はありませんか。
su.mi.ma.se.n./ke.ga.wa./a.ri.ma.se.n.ka.
對不起，你沒受傷吧？

B：大丈夫(だいじょうぶ)です。
da.i.jo.u.bu.de.su.
我沒事。

相關短句

謝(あやま)るほどのことじゃないさ。
a.ya.ma.ru./ho.do.no./ko.to.ja.na.i.sa.
沒必要道歉啦。

大丈夫(だいじょうぶ)。あまり気(き)にしない方(ほう)がいいよ。
da.i.jo.u.bu./a.ma.ri./ki.ni.shi.na.i./ho.u.ga.i.i.yo.
沒事，你不必太在意。

Track-029

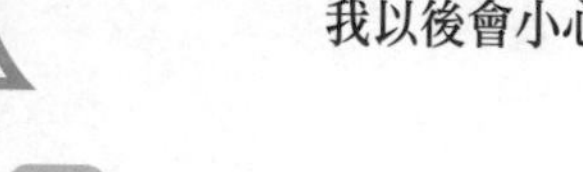

今後(こんご)気(き)をつけます。

ko.n.go./ki.o.tsu.ke.ma.su.

我以後會小心。

說明

道歉時，跟對方保證以後會小心，不再發生同樣的事。

會話

A：次(つぎ)からはちゃんとやりなさい。
tsu.gi.ka.ra.wa./cha.n.to./ya.ri.na.sa.i.
下次請好好做。

B：はい、今後(こんご)気(き)をつけます。
ha.i./ko.n.go./ki.o.tsu.ke.ma.su.
好的，我以後會注意。

相關短句

今後(こんご)は重々(じゅうじゅう)気(き)をつけます。
ko.n.go.wa./ju.u.ju.u./ki.o.tsu.ke.ma.su.
我以後會十分小心注意的。

二度(にど)と起(お)こさぬよう、肝(きも)に銘(めい)じます。
ni.do.to./o.ko.sa.nu.yo.u./ki.mo.ni./me.i.ji.ma.su.
我會謹記不要再發生第二次錯誤。

大(たい)したものじゃありません。

ta.i.shi.ta.mo.no./ja.a.ri.ma.se.n.

不是什麼貴重的東西。

說明

表示不是什麼了不起的東西，用於謙稱自己送的禮物不是什麼大禮。

會話

A：プレゼントありがとうございます。開(あ)けてみてもいいですか。
pu.re.ze.n.to./a.ri.ga.to.u./go.za.i.ma.su./a.ke.te./mi.te.mo./i.i.de.su.ka.
謝謝你送我的禮物，我可以打開嗎？

B：あまり期待(きたい)しないでください。大(たい)したものじゃありません。
a.ma.ri./ki.ta.i.shi.na.i.de./ku.da.sa.i./ta.i.shi.ta./mo.no.ja.a.ri.ma.se.n.
別太期待，不是什麼貴重的東西。

相關短句

ささやかな品(しな)ですが。
sa.sa.ya.ka.na./shi.na.de.su.ga.
只是個小東西。

つまらないものですが。
tsu.ma.ra.na.i.mo.no.de.su.ga.
只是個小東西。

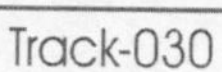

どういたしまして。

do.u.i.ta.shi.ma.shi.te.

不客氣。

幫助別人之後，當對方道謝時，要表示自己只是舉手之勞，就用「どういたしまして」來表示這只是小事一樁，何足掛齒。

會話

A：初対面（しょたいめん）なのに、すっかりお世話（せわ）になってありがとうございました。

sho.ta.i.me.n.na.no.ni./su.kka.ri./o.se.wa.ni.na.tte./a.ri.ga.to.u./go.za.i.ma.shi.ta.

才第一次見面就受你照顧，真的很謝謝。

B：どういたしまして。

do.u.i.ta.sh.ma.shi.te.

不客氣。

相關短句

いえいえ。

i.e.i.e.

沒什麼。

こちらこそ。

ko.chi.ra.ko.so.

彼此彼此。

Track-030

こちらこそ。

ko.chi.ra.ko.so.

彼此彼此。

說明

當對方道謝或道歉時，可以用這句話來表現謙遜的態度，表示自己也深受對方照顧，請對方不用太在意。

會話

A：今日(きょう)はよろしくお願(ねが)いします。
kyo.u.wa./yo.ro.shi.ku./o.ne.ga.i.shi.ma.su.
今天也請多多指教。

B：こちらこそ、よろしく。
ko.chi.ra.ko.so./yo.ro.shi.ku.
彼此彼此，請多指教。

A：わざわざ来(き)てくれて、ありがとうございます。
wa.za.wa.za.ki.te.ku.re.te./a.ri.ga.to.u./go.za.i.ma.su.
謝謝你特地前來。

B：いいえ、こちらこそ。
i.i.e./ko.chi.ra.ko.so.
不，彼此彼此。

Track-031

ひとちが
人違いでした。

hi.to.chi.ga.i.de.shi.ta.

認錯人。

說明

以為遇到朋友，出聲打招呼後卻意外發現原來自己認錯人了，這時就要趕緊說「人違(ひとちが)いです」來化解尷尬。

會話

A：よかった。無事(ぶじ)だったんだな。
yo.ka.tta./mu.ji.da.tta.n.da.na.
太好了，你平安無事。

B：えっ？
e.
什麼？

A：あっ、人違(ひとちが)いでした。すみません。
a./hi.to.chi.ga.i.de.shi.ta./su.mi.ma.se.n.
啊，我認錯人了，對不起。

相關短句

声(こえ)を掛(か)けてはじめて人違(ひとちが)いだと分(わ)かった。
ko.e.o.ka.ke.te.ha.ji.me.te./hi.to.chi.ga.i.da.to./wa.ka.tta.
出聲打招呼後就發覺認錯人了。

Track-031

謝りなさい。

a.ya.ma.ri.na.sa.i.

快道歉。

說明

命令別人道歉時使用。

會話

A：早く田中さんに謝りなさいよ。
ha.ya.ku./ta.na.ka.sa.n.ni./a.ya.ma.ri.na.sa.i.yo.
快向田中先生道歉。

B：嫌だ。
i.ya.da.
我不要。

相關短句

素直に謝れよ。
su.na.o.ni./a.ya.ma.re.yo.
快點老實道歉。

少しは反省しなさい。
su.ko.shi.wa./ha.n.se.i.shi.na.sa.i.
反省一下吧。

Track-032

謝(あやま)っても、もう遅(おそ)い。

a.ya.ma.tte.mo./mo.u.o.so.i.

現在道歉已經太晚了。

說明

不接受別人道歉，告訴對方為時已晚的時候，所使用的句子。

會話

A：ごめんなさい。
go.me.n.na.sa.i.
對不起。

B：今更(いまさら)謝(あやま)ってももう遅(おそ)いです。
i.ma.sa.ra./a.ya.ma.tte.mo./mo.u./o.so.i.de.su.
現在才道歉，已經太晚了。

相關短句

謝(あやま)って済(す)むような問題じゃありません。
a.ya.ma.tte./su.mu.yo.u.na./mo.n.da.i.ja./a.ri.ma.se.n.
這不是道歉就能解決的。

許(ゆる)さないから。
yu.ru.sa.na.i.ka.ra.
我不會原諒你的。

Chapter. 03

稱讚

おいしい。

o.i.shi.i.

好吃。

說明

表示食物很可口美味。

會話

A：お口(くち)に合(あ)いますかどうか？
o.ku.chi.ni./a.i.ma.su.ka.do.u.ka.
請問合不合你口味。

B：おいしいです。お料理(りょうり)がお上手(じょうず)ですね。
o.i.shi.i.de.su./o.ryo.u.ri.ga./o.jo.u.zu.de.su.ne.
很好吃，你真會做菜。

相關短句

うまい。
u.ma.i.
好吃。

美味(びみ)。
bi.mi.
美味。

Track-033

好み(この)の味(あじ)だ。

ko.no.mi.no./a.ji.da.

喜歡的口味。

說明

「好み(この)」是喜愛、偏好的意思；故此句表示喜愛的味道。

會話

A：これ、ちょうど私(わたし)の好み(この)の味(あじ)だ。
ko.re./cho.u.do./wa.ta.shi.no./ko.no.mi.no./a.ji.da.
這剛好是我喜歡的口味耶。

B：当(あ)たり前(まえ)でしょ。あなたの好(この)みに合(あ)わせて作(つく)ったんだから。
a.ta.ri.ma.e.de.sho./a.na.ta.no./ko.no.mi.ni./a.wa.se.te./tsu.ku.tta.n.da.ka.ra.
當然啦，這是照你的喜好做的。

相關短句

舌鼓(したつづみ)を打(う)つ。
shi.ta.tsu.zu.mi.o./u.tsu.
大快朵頤。

格別(かくべつ)美味(おい)しい。
ka.ku.be.tsu./o.i.shi.i.
特別好吃。

Track-034

おいしそう。

o.i.shi.so.u.

看起來好好吃。

表示看起來很好吃，食指大動。

會話

A：もうちょっと待（ま）っててね。すぐできるから。

mo.u./cho.tto./ma.tte.te.ne./su.gu.de.ki.ru.ka.ra.

再等一下，快做好了。

B：いい匂（にお）い！おいしそう！

i.i.ni.o.i./o.i.shi.so.u.

好香喔，看起來好好吃。

相關短句

甘（あま）そう。

a.ma.so.u.

好像很甜。

食欲（しょくよく）を誘（さそ）う。

sho.ku.yo.ku.o./sa.so.u.

促進食慾。

Track-034

意外と

i.ga.i.to.

意外地。

說明

表示現實的狀況出乎意料，和想像有很大的差別。

會話

A：第一印象はどうだった？
da.i.i.chi.i.n.sho.u.wa./do.u.da.tta.
第一印象怎麼樣？

B：意外と大人だった。
i.ga.i.to./o.to.na.da.tta.
意外地很沉穩。

相關短句

案外。
a.n.ga.i.
意外地。

意外に。
i.ga.i.ni.
意外地。

Track-035

すごくよかった。

su.go.ku./yo.ka.tta.

非常好。

說明

「よかった」是很好的意思，加上「すごく」就是非常好之意。

會話

A：このドラマ面白い？どんな内容？
ko.no./do.ra.ma./o.mo.shi.ro.i./do.n.na./na.i.yo.u.
這連續劇好看嗎？是什麼內容？

B：サッカー少年の成長物語で、ストーリーがすごくよかった。
sa.kka.a.sho.u.ne.n.no./se.i.cho.u.mo.no.ga.ta.ri.de./su.to.o.ri.i.ga./su.go.ku.yo.ka.tta.
是在講足球少年的成長故事，內容非常好。

相關短句

素敵。
su.te.ki.
很棒。

素晴らしい。
su.ba.ra.shi.i.
很優秀。

Track-035

かわいい。

ka.wa.i.i.

可愛。

說明

用於稱讚可愛的人事物時。

會話

A：これ、うちの赤ちゃんの写真。
ko.re./u.chi.no./a.ka.cha.n.no./sha.shi.n.
這是我家小嬰兒的照片。

B：うわ、かわいい。
u.wa./ka.wa.i.i.
哇，好可愛。

相關短句

愛しい。
i.to.shi.i.
惹人憐愛。

チャーミング。
cha.a.mi.n.gu.
有魅力。

Track-036

いいな。

i.i.na.

真好。

表示羨慕的語氣。

會話

A：新しく出たスマホ買ったよ。
a.ta.ra.shi.ku./de.ta./su.ma.ho./ka.tta.yo.
我買了新的智慧型手機。

B：いいな。私も欲しい。
i.i.na./wa.ta.shi.mo./ho.shi.i.
真好，我也好想要。

相關短句

羨ましいよ。
u.ra.ya.ma.shi.i.yo.
好羨慕喔。

いいね。
i.i.ne.
真好。

Track-036

世界一だ。

se.ka.i.i.chi.da.

世界第一。

說明

用於稱讚人事物非常好、非常棒。

會話

A：やっぱりおかあさんの手作り料理が世界一だよ。

ya.ppa.ri./o.ka.a.sa.n.no./te.zu.ku.ri./ryo.u.ri.ga./se.ka.i.i.chi.da.yo.

媽媽做的菜真是世界第一。

B：たくさん作っておいたから、どんどん食べて。

ta.ku.sa.n.tsu.ku.tte.o.i.ta.ka.ra./do.n.do.n.ta.be.te.

我做了很多，多吃點吧。

相關短句

絶妙。

ze.tsu.myo.u.

特別好。

抜群。

ba.tsu.gu.n.

出眾。

Track-037

すごい。

su.go.i.

很棒。

說明

表示事物超出一般水準，特別厲害。

會話

A：あの子がフランス語を話すの、聞いた？本当にうまいんだよ。
a.no.ko.ga./fu.ra.n.su.go.o./ha.na.su.no./ki.i.ta./ho.n.to.u.ni./u.ma.i.n.da.yo.
你聽過那個孩子說法文嗎？真的說得很好。

B：そうそう、すごいんだよ。
so.u.so.u./su.go.i.n.da.yo.
對啊，他真厲害。

相關短句

息を飲む。
i.ki.o.no.mu.
瞠目結舌。

想像を絶する。
so.u.zo.u.o./ze.ssu.ru.
超乎想像。

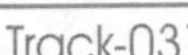

Track-037

一段（いちだん）とおきれいで。

i.chi.da.n.to./o.ki.re.i.de.

比平常更美。

說明

稱讚女生比平常更美麗。

會話

A：お母様（かあさま）、今日（きょう）は一段（いちだん）とおきれいで。
o.ka.a.sa.n./kyo.u.wa./i.chi.da.n.to./o.ki.re.i.de.
母親大人，您今天又更美了。

B：またお小遣（こづか）いほしいの？
ma.ta./o.ko.zu.ka.i./ho.shi.i.no.
你又想要零用錢了嗎？

相關短句

美（うつく）しい。
u.tsu.ku.shi.i.
美麗。

格別可愛（かくべつかわい）い。
ka.ku.be.tsu.ka.wa.i.i.
特別可愛。

 Track-038

さいこう

最高。

sa.i.ko.u.

超級棒。／最好的。

用來形容自己在自己的經歷中覺得非常棒、無與倫比的事物。除了有形的物品之外，也可以用來形容經歷、事物、結果等。

會話

A：ここからのビューは最高ね。
ko.ko.ka.ra.no.byu.u.wa./sa.i.ko.u.ne.
從這裡看出去的景色是最棒的。

B：うん。素敵だね。
u.n./su.te.ki.da.ne.
真的很棒。

相關短句

この映画は最高に面白かった！
ko.no.e.i.ga.wa./sa.i.ko.u.ni./o.mo.shi.ro.ka.tta.
這部電影是我看過最好看、有趣的。

最高の夏休みだ。
sa.i.ko.u.no./na.tsu.ya.su.mi.da.
最棒的暑假。

Track-038

素晴らしい！

su.ba.ra.shi.i.

真棒！／很好！

說明

想要稱讚對方做得很好，或是遇到很棒的事物時，都可以「素晴らしい」來表示自己的激賞之意。

會話

A：この人の演奏はどう？
ko.no.hi.to.no.e.n.so.u.wa./do.u.
那個人的演奏功力如何？

B：いやあ、素晴らしいの一言だ。
i.ya.a./su.ba.ra.shi.i.no./hi.to.ko.to.da.
只能用「很棒」這個詞來形容。

相關短句

このアイデアはユニークで素晴らしいです。
ko.ni.a.i.de.a.wa./yu.ni.i.ku.de./su.ba.ra.shi.i.de.su.
這個想法真獨特，實在是太棒了。

わたしも行けたらなんと素晴らしいだろう。
wa.ta.shi.mo.i.ke.ta.ra./na.n.to.su.ba.ra.shi.i.da.ro.u.
要是我也有去就好了。

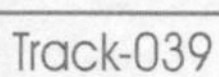

ラッキー！

ra.kki.i.

真幸運。

說明

用法和英語中的「lucky」的意思一樣。遇到了自己覺得幸運的事情時，就可以使用。

會話

A：ちょうどエレベーターが来た。行こうか。
cho.u.do.e.re.be.e.ta.a.ga.ki.ta./i.ko.u.ka.
剛好電梯來了，走吧！

B：ラッキー！
ra.kki.i.
真幸運！

相關短句

ラッキーな買い物をした。
ra.kki.i.na.ka.i.mo.no.o./shi.ta.
很幸運買到好多西。

今日のラッキーカラーは緑です。
kyo.u.ni./ra.kki.i.ka.ra.a.wa./mi.do.ri.de.su.
今天的幸運色是綠色。

Track-039

いいアイディアだ。

i.i.a.i.di.a.da.

真是個好主意。

說明

「アイディア」就是英文中的「idea」，這句話的意思就是稱讚對方的提議很不錯。想要稱讚對方的提案時，就可以用這句話來表示。

會話

A：クリスマスにお財布(さいふ)をプレゼントしようと思(おも)うの。
ku.ri.suma.su.ni./o.sa.i.fu.o./pu.re.ze.n.to.shi.yo.u.to./o.mo.u.no.
聖誕節就送皮夾當禮物吧！

B：いいアイディアだね。
i.i.a.i.di.a.da.ne.
真是好主意。

相關短句

いい発想(はっそう)だね。
i.i.ha.sso.u.da.ne.
好想法。

素敵(すてき)な意見だね。
su.te.ki.na./i.ke.n.da.ne.
很棒的想法。

Track-040

かっこいい！

ka.kko.i.i.

好酷喔！

說明

「かっこう」可以指外型、動作，也可以指人的性格、個性。無論是形容外在還是內在，都可以用這個詞來說明。

會話

A：見て、最近買った時計。
mi.te./sa.i.ki.n.ka.tta.to.ke.i.
你看！我最近買的手錶。

B：かっこいい！
ka.kko.i.i.
好酷喔！

相關短句

おしゃれ。
o.sha.re.
很時尚。

素敵。
su.te.ki.
很好看。

Track-040

おとこ
男らしい。

o.to.ko.ra.shi.i.

男子氣概。

說明

「らしい」是「像」的意思，帶有「名符其實」的意思，例如「男らしい」就是指男生很有男子氣概的意思。

會話

A：福山さんはかっこいい！
fu.ku.ya.ma.sa.n.wa./ka.kko.i.i.
福山先生真帥！

B：でも、木村さんのほうが男らしいよね。
de.mo./ki.mu.ra.sa.n.no.ho.u.ga./o.to.ko.ra.shi.i.yo.ne.
不過，木村先生比較有男子氣概。

相關短句

男気ある。
o.to.ko.gi.a.ru.
有男子氣概。

立派。
ri.ppa.
很出色。

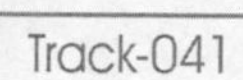

歌(うた)がうまい。

u.ta.ga./u.ma.i.

唱得真好。

說明

覺得東西很好吃的時候，除了用「おいしい」之外，也可以用「うまい」這個字。另外形容人做事做得很好，像是歌唱得很好、球打得很好，都可以用這個字來形容。

會話

A：この歌手(かしゅ)、歌(うた)がうまいですね。
ko.no.ka.shu./u.ta.ga./u.ma.i.de.su.ne.
這位歌手唱得真好耶！

B：そうですね。
so.u.de.su.ne.
對啊。

相關短句

お見事(みごと)。
o.mi.go.to.
不負眾望。

かなりの腕前(うでまえ)です。
ka.na.ri.no./u.de.ma.e.de.su.
技巧很好。

じょうず

上手。

jo.u.zu.

很拿手。

說明

事情做得很好的意思，「～が上手です」就是很會做某件事的意思。另外前面提到稱讚人很厲害的「うまい」這個字，比較正式有禮貌的講法就是「上手です」。

會話

A：日本語が上手ですね。
ni.ho.n.go.ga./jo.u.zu.de.su.ne.
你的日文真好呢！

B：いいえ、まだまだです。
i.i.e./ma.da.ma.da.de.su.
不，還差得遠呢！

相關短句

字が上手ですね。
ji.ga./jo.u.zu.de.su.ne.
字寫得好漂亮。

達者ですね。
ta.ssha.de.su.ne.
真是專家。

日文輕鬆上口！
每日應用一句，

Chapter. 04
抱怨、批評

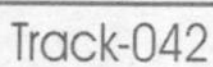

遅いな。

o.so.i.na.

真慢。

說明

用於等待時，覺得對方很慢。

會話

A：ななちゃん、遅いな。
na.na.cha.n./o.so.i.na.
奈奈好慢喔。

B：そうだよね。電話してみようか？
so.u.da.yo.ne./de.n.wa./shi.te./mi.yo.u.ka.
對啊，打個電話給她吧？

相關短句

返事、遅いね。
he.n.ji./o.so.i.ne.
回信好慢喔。

今夜も帰りが遅い。
ko.n.ya.mo./ka.e.ri.ga./o.so.i.
今天也晚歸。

Track-042

待(ま)ちくたびれたよ。

ma.chi.ku.ta.bi.re.ta.yo.

等好久了。

說明

抱怨等待已久。

會話

A：遅(おく)れてごめん。電車(でんしゃ)を乗(の)り間違(まちが)えたんだ。
o.ku.re.te./go.me.n./de.n.sha.o./no.ri.ma.chi.ga.e.ta.n.da.
對不起，我坐錯車了所以遲到了。

B：待(ま)ちくたびれたよ。
ma.chi.ku.ta.bi.re.ta.yo.
我等好久了。

相關短句

遅(おそ)いよ。
o.so.i.yo.
好慢喔。

遅刻(ちこく)にもほどがあるよ。
chi.ko.ku.ni.mo./ho.do.ga.a.ru.yo.
你也遲到太久了吧！

Track-043

また？

ma.ta.

又來了？

說明

抱怨對方一直在做相同的事情。

會話

A：またパチンコ？飽きないの？
ma.ta./pa.chi.n.ko./a.ki.na.i.no.
又打柏青哥？你不膩嗎？

B：ぜんぜん。この世にパチンコより面白いものなんてある？
ze.n.ze.n./ko.no.yo.ni./pa.chi.n.ko.yo.ri./o.mo.shi.ro.i.mo.no./na.n.te.a.ru.
不會，這世上沒有比柏青哥更有趣的了。

相關短句

また転勤することになったの。
ma.ta./te.n.ki.n.su.ru.ko.to.ni./na.tta.no.
我又被調職了。

またかよ！
ma.ta.ka.yo.
又來了！

Track-043

期待したほどじゃなかった。

ki.ta.i.shi.ta.ho.do./ja.na.ka.tta.

沒有預期中的好。

說明

表示失望，不如預期中的好。

會話

A：その映画、賞を取ったって聞いたけど、どうだった？

so.no.e.i.ga./sho.u.o./to.tta.tte./ki.i.ta.ke.do./do.u.da.tta.

聽説那部電影得過獎，你覺得如何？

B：先週見たけど、期待したほどじゃなかったよ。

se.n.shu.u.mi.ta.ke.do./ki.ta.i.shi.ta.ho.do./ja.na.ka.tta.yo.

我上星期看了，覺得沒有期待中的好。

相關短句

がっかり。

ga.kka.ri.

失望。

それほどじゃなかった。

so.re.ho.do./ja.na.ka.tta.

沒有那麼好。

Track-044

どうしてもできない。

do.u.shi.te.mo./de.ki.na.i.

不管怎樣都辦不到。

用於已盡全力但仍舊無法成功的情況。

會話

A：スマホからパソコンへのファイルの転送がどうしてもできないんけど。

su.ma.ho.ka.ra./pa.so.kko.n.e.no./fa.i.ru.no./te.n.so.u.ga./do.u.shi.te.mo./de.ki.na.i.n.ke.do.

無論如何都沒辦法把智慧型手機的資料，傳到電腦裡。

B：あ、それは別のソフトが必要なんだよ。

a./so.re.wa./be.tsu.no./so.fu.to.ga./hi.tsu.yo.u.na.n.da.yo.

喔，那個需要別的軟體才行。

相關短句

どうしようもない。

do.u.shi.yo.u.mo./na.i.

沒辦法。

どう試みてもできない。

do.u.ko.ko.ro.mi.te.mo./de.ki.na.i.

怎麼試都不行。

最低。

sa.i.te.i.

很差勁。

說明

給人事物的評價很低時使用。

會話

A：今度の新人アーティストはどう？
ko.n.do.no./shi.n.ji.n./a.a.ti.su.to.wa./do.u.
這次的新歌手怎麼樣？

B：だめ。歌も踊りも最低。
da.me./u.ta.mo./o.do.ri.mo./sa.i.te.i.
完全不行，歌藝和舞藝都很糟。

相關短句

最悪。
sa.i.a.ku.
糟到極點。

ひどい。
hi.do.i.
很糟。

 Track-045

バカじゃないの？

ba.ka.ja.na.i.no.

太扯了吧？

批評對方的言行不可理喻。

會話

A：だから、こうしなくちゃだめ！
da.ka.ra./ko.u.shi.na.ku.cha.da.me.
所以我說只能這樣做才行！

B：意味（いみ）がわからない。バカじゃないの？
i.mi.ga./wa.ka.ra.na.i./ba.ka.ja.na.i.no.
不知道你在想什麼，真是太扯了。

相關短句

ふざけんな。
fu.za.ke.n.na.
開什麼玩笑。

いいかげんにしなさい。
i.i.ka.ge.n.ni./shi.na.sa.i.
別開玩笑了。

ダサい。
da.sa.i.
很醜。

說明

用於形容人事物很過時、老氣。

會話

A：あの帽子(ぼうし)、ちょっとダサいんだけど。
a.no.bo.u.shi./cho.tto./da.sa.i.n.da.ke.do.
那帽子有點醜耶。

B：そう？僕(ぼく)は結構(けっこう)好(す)きだけど
so.u./bo.ku.wa./ke.kko.u.su.ki.da.ke.do.
會嗎，我還蠻喜歡的。

相關短句

田舎臭(いなかくさ)い。
i.na.ka.ku.sa.i.
土氣。

みっともない。
mi.tto.mo./na.i.
上不了檯面。

Track-046

いい加減(かげん)うんざり。

i.i.ka.ge.n./u.n.za.ri.

真是讓人厭煩。

說明

用於對人事物感到十分厭煩的情況。

會話

A：またコンビニ弁当(べんとう)？もういい加減(かげん)うんざりだよ。

ma.ta.ko.n.bi.ni.be.n.to.u./mo.u.i.i.ka.ge.n./u.n.za.ri.da.yo.

又是吃便利商店的便當嗎？我已經覺得很煩了。

B：仕事(しごと)が忙(いそが)しくて疲(つか)れてるんだから、許(ゆる)して。

shi.go.to.ga./i.so.ga.shi.ku.te./tsu.ka.re.te.ru.n.da.ka.ra./yu.ru.shi.te.

我工作太忙了很累，就原諒我吧。

相關短句

考(かんが)えただけでうんざりする。

ka.n.ga.e.ta.da.ke.de./u.n.za.ri.su.ru.

光是用想的就覺得很煩。

もうそれにはうんざりした。

mo.u.so.re.ni.wa./u.n.za.ri.shi.ta.

我對那個已經覺得很厭煩了。

行儀(ぎょうぎ)が悪(わる)いな。

gyo.u.gi.ga./wa.ru.i.na.

沒有教養。

說明

用於批評別人不守規矩、沒有教養。

會話

A：あの新人(しんじん)、先輩(せんぱい)に挨拶もしないんだよ。
a.no.shi.n.ji.n./se.n.pa.i.ni./a.i.sa.tsu.mo./shi.na.i.n.da.yo.
那個新進員工，看到前輩也不打招呼。

B：本当(ほんとう)？行儀(ぎょうぎ)が悪(わる)いな。
ho.n.to.u./gyo.u.gi.ga./wa.ru.i.na.
真的嗎？真是沒教養。

相關短句

育(そだ)ち悪(わる)いな。
so.da.ch.wa.ru.i.na.
沒教養。

失礼(しつれい)だな。
shi.tsu.re.i.da.na.
沒禮貌。

Track-047

吐き気がする。

ha.ki.ke.ga./su.ru.

看到就想吐。

表示極度厭惡。

會話

A：あの人の顔を見るだけで吐き気がする。
a.no.hi.to.no./ka.o.o./mi.ru.da.ke.de./ha.ki.ke.ga./su.ru.
我光是看到那人的臉就想吐。

B：えっ？なんでそんなに彼女のことが嫌いなの？
e./na.n.de.so.n.na.ni./ka.no.jo.no./ko.to.ga./ki.ra.i.na.no.
咦？為什麼這麼討厭她？

相關短句

気持ち悪い。
ki.mo.chi.wa.ru.i.
真噁心。

顔見るのも嫌な人。
ka.o.mi.ru.no.mo./i.ya.na.hi.to.
不想見到的人。

Track-047

もうたくさんだ。

mo.u./ta.ku.sa.n.da.

我受夠了。

說明

表示受夠了，已經不想再重複了。

會話

A：明日の試合、頑張って。
a.shi.ta.no./shi.a.i./ga.n.ba.tte.
明天的比賽加油囉。

B：今度こそ優勝する。準優勝はもうたくさんだ。
ko.n.do.ko.so./yu.u.sho.u.su.ru./ju.n.yu.u.sho.u.wa./mo.u./ta.ku.sa.n.da.
這次一定要拿冠軍，我已經受夠拿亞軍了。

相關短句

もう、嫌だ。
mo.u./i.ya.da.
真是的，我受夠了。

もういい。
mo.u.i.i.
我受夠了。

Track-048

それはないでしょう？

so.re.wa.na.i.de.sho.u.

這樣說不過去吧？

覺得不可能，或是對方的做法不合常理。

會話

A：もうこれ以上関わらないで。

mo.u./ko.re.i.jo.u./ka.ka.wa.ra.na.i.de.

從今以後你不要再插手了。

B：あんなに手伝ったのに、それはないでしょう？

a.n.na.ni./te.tsu.da.tta.no.ni./so.re.wa./na.i.de.sho.u.

我幫了你這麼多忙，這樣說不過去吧？

相關短句

冗談でしょう。

jo.u.da.n.de.sho.u.

開玩笑的吧？

嘘でしょう？

u.so.de.sho.u.

騙人的吧？

Track-048

嘘(うそ)ばっかり。

u.so.ba.kka.ri.

滿口謊言。

說明

批評人滿口謊言，不可信賴。

會話

A：田中(たなか)くん、自分(じぶん)が課長(かちょう)になるって。

ta.na.ka.ku.n./ji.bu.n.ga./ka.cho.u.ni./na.ru.tte.

田中說他要當課長了。

B：あいつは酒(さけ)を飲(の)むと嘘(うそ)ばっかりなんだから。真(ま)に受(う)けるなよ。

a.i.tsu.wa./sa.ke.o./no.mu.to./u.so.ba.kka.ri.na.n.da.ka.ra./ma.ni.u.ke.ru.na.yo.

那傢伙喝了酒就滿口謊言，你別當真。

相關短句

いんちき臭(くさ)い。

i.n.chi.ki.ku.sa.i.

可疑。

でっち上(あ)げてるね。

de.cchi.a.ge.te.ru.ne.

捏造。

 Track-049

わがままだよね。

wa.ga.ma.ma.da.yo.ne.

真是任性。

說明

批評人任性、不懂得為人著想。

會話

A：あの人(ひと)、チームのことを考(かんが)えてないね。
a.no.hi.to./chi.i.mu.no.ko.to.o./ka.n.ga.e.te.na.i.ne.
那個人，根本不為團隊著想。

B：本当(ほんとう)。ちょっとわがままだよね。
ho.n.to.u./cho.tto.wa.ga.ma.ma.da.yo.ne.
對啊，他有點任性。

相關短句

子供(こども)っぽい。
ko.do.mo.ppo.i.
孩子氣。

みっともない。

mi.tto.mo.na.i.

成何體統。

說明

表示不堪入目、不成體統。

會話

A：客（きゃく）の前（まえ）で兄弟（きょうだい）げんかをするなんてみっともない。

kya.ku.no.ma.e.de./kyo.u.da.i.ke.n.ka.o./su.ru.nan.te./mi.tto.mo.na.i.

兄弟倆在客人的面前吵架，真是成何體統。

B：ごめんなさい。

go.me.n.na.sa.i.

對不起。

相關短句

見苦（みぐる）しい。

mi.gu.ru.shi.i.

讓人看不下去。

品（ひん）がない。

hi.n.ga.na.i.

沒水準。

 Track-050

だから言(い)ったじゃない。

da.ka.ra./i.tta.ja.na.i.

我早就説過了吧。

表示自己早已提醒，但對方仍不聽勸而吃了苦頭。

會話

A：学生(がくせい)の時(とき)にもっと勉強(べんきょう)すればよかった。
ga.ku.se.i.no./to.ki.ni./mo.tto./be.n.kyo.u.su.re.ba./yo.ka.tta.
如果學生時代用功點就好了。

B：だから、私(わたし)が言(い)ったじゃない。
da.ka.ra./wa.ta.shi.ga./i.tta.ja.na.i.
我早就説過了吧。

相關短句

だから前(まえ)から言(い)ってたでしょう
da.ka.ra./ma.e.ka.ra./i.tte.ta./de.sho.u.
我以前就説過了不是嗎？

言(い)ったでしょう。
i.tta.de.sho.u.
我不是説過嗎？

Track-050

ひどい。

hi.do.i.

真過份！／很嚴重。

說明

當對方做了很過份的事，或說了十分傷人的話，要向對方表示抗議時，就可以用「ひどい」來表示。

會話

ひと　わるくち　い

A：人の悪口を言うなんて、ひどい！

hi.to.no./wa.ru.ku.chi.o.i.u./na.n.te./hi.do.i.

說別人壞話真是太過份了。

B：ごめん。

go.me.n.

對不起。

相關短句

しつれい

失礼だな。

shi.tsu.re.i.da.na.

真沒禮貌。

さいてい

最低。

sa.i.te.i.

真差勁。

うるさい。

u.ru.sa.i.

很吵。

說明

覺得很吵，深受噪音困擾的時候，可以用這句話來形容嘈雜的環境。另外當受不了對方碎碎念，這句話也有「你很吵耶！」的意思。

會話

A：音楽の音がうるさいです。静かにしてください。

o.n.ga.ku.no.o.to.ga./u.ru.sa.i.de.su./shi.zu.ka.ni.shi.te./ku.da.sa.i.

音樂聲實在是太吵了，請小聲一點。

B：すみません。

su.me.ma.se.n.

對不起。

A：今日、どこに行ったの？

kyo.u./do.ko.ni.i.tta.no.

你今天要去哪裡？

B：うるさいな、ほっといてくれよ。

u.ru.sa.i.na./ho.tto.i.te.ku.re.yo.

真囉嗦，別管我啦！

Track-051

関係(かんけい)ない。

ka.n.ke.i.na.i.

不相關。

說明

日文中的「関係(かんけい)」和中文的「關係」意思相同，「ない」則是沒有的意思，所以這個句子和中文中的「不相關」的用法相同。

會話

A：何(なに)を隠(かく)してるの？

na.ni.o./ka.ku.shi.te.ru.no.

你在藏什麼？

B：お母(かあ)さんには関係(かんけい)ない！聞(き)かないで。

o.ka.a.sa.n.ni.wa./ka.n.ke.i.na.i./ki.ka.na.i.de.

和媽媽你沒有關係，少管我。

相關短句

関(かか)わらないで。

ka.ka.wa.ra.na.i.de.

別插手。

ほっといて。

ho.tto.i.te.

別管我。

Track-052

いい気味だ。

i.i.gi.mi.da.

活該。

説明

覺得對方的處境是罪有應得時，會説「いい気味だ」來説對方真是活該。

會話

A：先生に怒られた。
se.n.se.i.ni./o.ko.ra.re.ta.
我被老師罵了。

B：いい気味。
i.i.ki.mi.
活該！

相關短句

ざま見ろ。
za.ma.mi.ro.
活該。／報應。

すっきりする。
su.kki.ri.su.ru.
看了真快活、舒坦。

意地悪。

i.ji.wa.ru.

捉弄。／壞心眼。

當對方刻意做出傷害自己的事，或是開了十分過份的玩笑時，就可以用這句話來形容對方這樣的作法是很過份的。

會話

A：子供の頃いつも意地悪をされていた。

ko.do.mo.no.ko.ro./i.tsu.mo.i.ji.wa.ru.o./sa.re.te.i.te.

我小時候常常被欺負。

B：かわいそうに。

ka.wa.i.so.u.ni.

好可憐喔！

相關短句

意地悪！

i.ji.wa.ru.

壞心眼！

意地悪い口調。

i.ji.wa.ru.i.ku.cho.u.

嘴巴很毒。

Track-053

ずるい

zu.ru.i.

真奸詐。／真狡猾。

說明

這句話帶有抱怨的意味，覺得對方做這件事真是狡猾，對自己來說實在不公平的時候，就可以用這句話來表示。

會話

A：先生の目を盗んで答案用紙を見せ合って答えを書いた。

se.n.se.i.no.me.o./nu.su.n.de./do.u.a.n.yo.u.shi.o./mi.se.a.tte.ko.ta.e.o./ka.i.ta.

我們趁老師不注意的時候，偷偷對了答案。

B：ずるい！

zu.ru.i.

真奸詐！

相關短句

汚いな。

ki.ta.na.i.na.

(耍手段)真奸詐。

下品。

ge.hi.n.

沒品。

Track-053

つまらない。

tsu.ma.ra.na.i.

真無趣。

說明

形容人、事、物很無趣的時候，可以用這個字來形容。

會話

A：この番組(ばんぐみ)、面白(おもしろ)い？
mo.no.ba.n.gu.mi./o.mo.shi.ro.i.
這節目好看嗎？

B：すごくつまらない！
su.go.ku./tsu.ma.ra.na.i.
超無聊的！

相關短句

中身(なかみ)が無(な)い。
na.ka.mi.ga./na.i.
沒內容。

内容(ないよう)が薄(うす)い。
na.i.yo.u.ga./u.su.i.
沒內容。

変(へん)だね。

he.n.da.ne.

真奇怪。

說明

遇到了奇怪的事情，覺得疑惑、想不通時；或是如果看到對方的穿著打扮、行為很奇怪的時候，就可以用這個句子來形容喔。

會話

A：雨(あめ)が降(ふ)ってきた。

a.me.ga./fu.tte.ki.ta.

下雨了。

B：変(へん)だなあ。天気予報(てんきよほう)は晴(は)れるって言(い)ったのに。

he.n.da.na.a./te.n.ki.yo.ho.u.wa./ha.re.ru.tte./i.tta.no.ni.

真奇怪，氣象預報明明説會是晴天。

相關短句

おかしいな。

o.ka.shi.i.na.

好奇怪喔。

あれっ？

a.re.

咦？

Track-054

嘘(うそ)つき。

u.so.tsu.ki.

騙子。

說明

日文「嘘(うそ)」就是謊言的意思。「嘘(うそ)つき」是表示說謊的人，也就是騙子的意思。如果遇到有人不守信用，或是不相信對方所說的話時，就可以用這句話來表示抗議。

會話

A：ごめん、明日(あした)、行(い)けなくなっちゃった。

go.me.n./a.shi.ta./i.ke.na.ku.na.ccha.tta.

對不起，明天我不能去了。

B：ひどい！パパの嘘(うそ)つき！

hi.do.i./pa.pa.no.u.so.tsu.ki.

真過份！爸爸你這個大騙子。

相關短句

ホラ吹(ふ)き。

ho.ra.fu.ki.

吹牛。

二枚舌(にまいじた)。

ni.ma.i.ji.ta.

說謊。

損した。

so.n.shi.ta.

虧大了。

說明

覺得自己吃虧了，或是後悔做了某件造成自己損失的事情，就可以用「損した」來表示生氣懊悔之意。

會話

A：昨日の飲み会、どうして来なかったの？先生が全部払ってくれたのに。
ki.no.u.no.no.mi.ka.i./do.u.shi.te.ko.na.ka.tta.no./se.n.se.i.ga./ze.n.bu.ha.ra.tte.ku.re.ta.no.ni.
昨天你怎麼沒來聚會？老師請客耶！

B：本当？ああ、損した。
ho.n.to.u./a.a./so.n.shi.ta.
真的嗎？那真是虧大了。

相關短句

買って損した。
ka.tte.so.n.shi.ta.
買了真是我的損失。

知らないと損する。
shi.ra.na.i.to./so.n.su.ru.
不知道就虧大了。

Track-055

面倒なことになった。

me.n.do.u.na.ko.to.ni./na.tta.

很棘手。

說明

用來形容事情變得很麻煩。

會話

A：新しい仕事はどう？
a.ta.ra.shi.i.shi.go.to.wa./do.u.
新工作的狀況如何？

B：それがね、ちょっと面倒なことになったのよ。
so.re.ga.ne./cho.tto.me.n.do.u.na.ko.to.ni./na.tta.no.yo.
這個啊，好像有點棘手。

相關短句

ああ、面倒くさい！
a.a./me.n.do.u.ku.sa.i.
真麻煩！

面倒な手続き。
me.n.do.u.na.te.tsu.zu.ki.
麻煩的手續。

大変。

ta.i.he.n.

真糟。

說明

在表示事情的情況變得很糟，事態嚴重時，可以用使用這個句子。另外在聽對方慘痛的經歷時，也可以用這個字，來表示同情之意。

會話

A：携帯が落ちましたよ。
he.i.ta.i.ga./o.chi.ma.shi.ta.yo.
我的手機掉了。

B：あらっ、大変！
a.ra./ta.i.he.n.
真是不好了。

相關短句

大変ですね。
ta.i.he.n.de.su.ne.
真是辛苦你了。

深刻です。
shi.n.ko.ku.de.su.
很嚴重。

Track-056

せっかく作(つく)ったのに。

e./se.kka.ku./tsu.ku.tta.no.ni.

難得我特地做了！

說明

事情的結果和預期完全相反，讓自己感到失望的時候，通常會用「…のに」這個句型來表示。比如說特地買了禮物，對方卻不喜歡；明明有能力，卻不去做……等。

會話

A：疲(つか)れたから、ばんごはんはいらない。
tsu.ka.re.ta.ka.ra./ba.n.go.ha.n.wa./i.ra.na.i.
好累喔，我不吃晚餐了。

B：えっ！せっかく作(つく)ったのに。
e./se.kka.ku./tsu.ku.tta.no.ni.
可是我特地做了晚餐耶！

相關短句

できるのにやらない。
de.ki.ru.no.ni./ya.ra.na.i.
雖然做得到去不做。

安(やす)いのに買(か)わなかった。
ya.su.i.no.ni./ka.wa.na.ka.tta.
很便宜卻沒買。

Track-057

なんだ。

na.n.da.

什麼嘛！

說明

對於對方的態度或說法感到不滿，或者是發生的事實讓人覺得不服氣時，就可以用這個句子來說。就像是中文裡的「什麼嘛！」「搞什麼啊！」。

會話

A：先(さき)にお金(かね)を入(い)れてボタンを押(お)すのよ。
sa.ki.ni./o.ka.ne.o.i.re.te./bo.ta.n.o./o.su.no.yo.
先投錢再按按鈕。

B：なんだ、そういうことだったのか。
na.n.da./so.u.i.u.ko.to.da.tta.no.ka.
什麼嘛，原來是這樣喔！

相關短句

なんだよ！
na.n.da.yo.
搞什麼嘛！

なんだ！これは！
na.n.da./ko.re.wa.
這是在搞什麼！

Track-057

おかしい。

o.ka.shi.i.

好奇怪。

說明

覺得事情怪怪的，或者是物品的狀況不太對，可以用這個句子來形容。另外要是覺得人或事很可疑的話，也可以用這個句子來說明。

會話

A：あれ、おかしいなあ。
a.re./o.ka.shi.i.na.a.
疑，真奇怪。

B：何(なに)があったの？
na.ni.ga./a.tta.no.
怎麼了？

相關短句

それはおかしいですよ。
so.re.wa./o.ka.shi.i.de.su.yo.
那也太奇怪了吧！

何(なに)がそんなにおかしいんですか？
na.ni.ga./so.n.na.ni./o.ka.shi.i.n.de.su.ka.
有什麼奇怪的嗎？

Track-058

まったく。

ma.tta.ku.

真是的！

「まったく」有「非常」「很」的意思，可以用來表示事情的程度。但當不滿對方的作法，或是覺得事情很不合理的時候，則會用「まったく」來表示「怎麼會有這種事！」的不滿情緒。

會話

A：まったく。今日もわたしが掃除するの。
ma.tta.ku./kyo.u.mo./wa.ta.shi.ga.so.u.ji.su.ru.no.
真是的！今天也是要我打掃嗎！

B：だって、由紀のほうが掃除上手じゃない？
da.tte./yu.ki.no.ho.u.ga./so.u.ji.jo.u.zu./ja.na.i.
因為由紀你比較會打掃嘛！

相關短句

彼にもまったく困ったものだ。
ka.re.ni./ma.tta.ku.ko.ma.tta.mo.no.da.
真拿他沒辦法。

まったくもう！
ma.tta.ku./mo.u.
真是的！

けち。

ke.chi.

小氣。

說明

日文中的小氣就是「けち」，用法和中文相同，可以用來形容人一毛不拔。

會話

A：見(み)せてくれたっていいじゃない、けち！
mi.se.te.ku.re.ta.tte./i.i.ja.na.i./ke.chi.
讓我看一下有什麼關係，真小氣。

B：大事(だいじ)なものだからだめ。
da.i.ji.na.mo.no.da.ka.ra./da.me.
因為這是很重要的東西，所以不行。

A：梅田君(うめだくん)は本当(ほんとう)にけちな人(ひと)だね。
u.me.da.ku.n.wa./ho.n.to.u.ni./ke.chi.na.hi.to.da.ne.
梅田真是個小氣的人耶！

B：そうよ。お金持(かねも)ちなのに。
so.u.yo./o.ka.ne.mo.chi.na.no.ni.
對啊，明明就是個有錢人。

飽(あ)きた。

a.ki.ta.

膩了。

說明

對事情覺得厭煩了，就可以用動詞再加上「飽きた」來表示不耐煩。

會話

A：今日(きょう)もオレンジジュースを飲(の)みたいなあ。

kyo.u.mo./o.re.n.ji.ju.u.su.o./no.mi.ta.i.na.a.

今天也想喝柳橙汁。

B：また？毎日(まいにち)飲(の)むのはもう飽(あ)きたよ。

ma.ta./ma.i.ni.chi.no.mu.no.wa./mo.u.ka.ki.ta.yo.

還喝啊！每天都喝，我已經膩了！

相關短句

聞(き)き飽(あ)きた。

ki.ki.a.ki.ta.

聽膩了。

もう飽(あ)き飽(あ)きだ。

mo.u./a.ki.a.ki.da.

我已經厭煩了。

Track-059

おしゃべり。

o.sha.be.ri.

大嘴巴！

說明

在日文中「おしゃべり」本來是指閒聊的意思，但引申有愛講八卦、大嘴巴的意思，要罵人口風不緊的話，就可以用這個字。

會話

A：つい口(くち)が滑(すべ)っちゃって、ごめん。
tsu.i.ku.chi.ga./su.be.cha.tte./go.me.n.
不小心就說溜嘴了，對不起。

B：おしゃべり！
o.sha.be.ri.
你這個大嘴巴！

相關短句

あのおしゃべりがまた告(つ)げ口(ぐち)をしたな。
a.no.o.sha.be.ri.ga./ma.ta.tsu.ge.gu.chi.o.shi.ta.na.
那個大嘴巴又亂說八卦了。

口(くち)が軽(かる)い。
ku.chi.ga./ka.ru.i.
口風不緊。

Track-060

よくない。

yo.ku.na.i.

不太好。

說明

形容事情不太恰當，有勸阻之意。

會話

A：盗撮(とうさつ)はよくないよ。

to.u.sa.tsu.wa./yo.ku.na.i.yo.

偷拍是不好的行為。

B：ごめんなさい。

go.me.n.na.sa.i.

對不起。

相關短句

まずい。

ma.zu.i.

糟了。

いけない。

i.ke.na.i.

不妙。

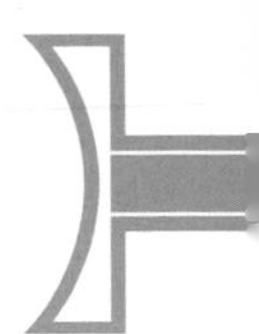

下手。

he.ta.

不擅長。／笨拙。

說明

事情做得不好，或是雖然用心做，還是表現不佳的時候，就會用這個句子來形容，也可以用來謙稱自己的能力尚不足。

會話

A：前田さんの趣味は何ですか？
ma.e.da.sa.n.no.shu.mi.wa./na.n.de.su.ka.
前田先生的興趣是什麼？

B：下手ですけどテニスが好きです。
he.ta.de.su.ke.do./te.ni.su.ga./su.ki.de.su.
我喜歡打網球，但是還打得不好。

相關短句

料理が下手だ。
ryo.u.ri.ga./he.ta.da.
不會作菜。

下手な言い訳はよせよ。
he.ta.na.i.i.wa.ke.wa./yo.se.yo.
別說這些爛理由了。

日文輕鬆上口！
每日應用一句，

Chapter. 05

詢問

最近どうですか？

sa.i.ki.n./do.u.de.su.ka.

最近過得如何？

說明

用於詢問近況。

會話

A：最近どうですか？
sa.i.ki.n.do.u.de.su.ka.
最近過得如何？

B：やることが多くて、とても忙しいです。
ya.ru.ko.to.ga/o.o.ku.te./to.te.mo./i.so.ga.shi.i./de.su.
有好多事要做，很忙碌。

相關短句

最近いかがですか？
sa.i.ki.n./i.ka.ga.de.su.ka.
最近過得如何？

調子どうですか？
cho.u.shi./do.u.de.su.ka.
最近怎麼樣？

Track-061

いかがですか？

i.ka.ga.de.su.ka.

怎麼樣？

說明

用於詢問意願、喜好。

會話

A：色(いろ)はちょっと派手(はで)すぎだけど…。
i.ro.wa./cho.tto./ha.de.su.gi.da.ke.do.
這顏色有點太鮮艷了。

B：じゃあ、こちらブラックのはいかがですか？
ja.a./ko.chi.ra./bu.ra.kku.no.wa./i.ka.ga.de.su.ka.
那這個黑色的你覺得如何？

相關短句

どうですか？
do.u.de.su.ka.
怎麼樣？

どう思(おも)われますか？
do.u./o.mo.wa.re.ma.su.ka.
您覺得如何？

Track-062

気(き)に入(い)っていますか？

ki.ni.i.tte./i.ma.su.ka.

喜歡嗎？

說明

用於詢問對方是否喜歡。

會話

A：このかばん、気(き)に入(い)っていますか？
ko.no.ka.ba.n./ki.ni.i.tte.i.ma.su.ka.
你喜歡這包包嗎？

B：はい。でも値段(ねだん)はちょっと…。
ha.i./de.mo./ne.da.n.wa./cho.tto.
是啊，但有點貴。

相關短句

好(す)きですか？
su.ki.de.su.ka.
你喜歡嗎？

どっちがお好(この)みですか？
do.cchi.ga./o.ko.no.mi./de.su.ka.
你喜歡哪一個？

Track-062

お名前はなんとおっしゃいますか？

o.na.ma.e.wa./na.n.to./o.ssha.i.ma.su.ka.

請問大名？

說明

用於詢問對方的名字。

會話

A：お名前はなんとおっしゃいますか？
o.ne.ma.e.wa./na.n.to./o.ssha.i.ma.su.ka.
請問您的大名是？

B：田中恵理です。
ta.na.ka./e.ri.de.su.
我叫田中惠理。

相關短句

お名前は何ですか？
o.na.ma.e.wa./na.n.de.su.ka.
請問大名？

お名前を伺ってもよろしいでしょうか？
o.na.ma.e.o./u.ka.ga.tte.mo./yo.ro.shi.i.de.sho.u.ka.
能否請教您的大名。

Track-063

どんなお仕事(しごと)をされていらっしゃいますか？

do.n.na./o.shi.go.to.o./sa.re.te./i.ra.ssha.i.ma.su.ka.

請問您從事什麼工作。

用於詢問對方的職業。

會話

A：どんなお仕事(しごと)をされていらっしゃいますか？

do.n.na./o.shi.go.to.o./sa.re.te./i.ra.ssha.i.ma.su.ka.

請問您從事什麼工作。

B：会社員(かいしゃいん)です。

ka.i.sha.i.n.de.su.

我是上班族。

相關短句

どのようなお仕事(しごと)をされているのですか？

do.no.yo.u.na./o.shi.go.to.o./sa.re.te./i.ru.no./de.su.ka.

請問您從事什麼工作。

どちらの会社(かいしゃ)にお勤(つと)めですか？

do.chi.ra.no./ka.i.sha.ni./o.tsu.to.me./de.su.ka.

請問您在哪上班？

Track-063

歳（とし）はいくつですか？

to.shi.wa./i.ku.tsu.de.su.ka.

請問你幾歲？

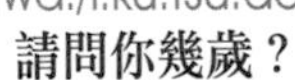

說明

用於詢問年齡。

會話

A：失礼（しつれい）ですが、歳（とし）はいくつですか？
shi.tsu.re.i./de.su.ga./to.shi.wa./i.ku.tsu.de.su.ka.
不好意思，請問你幾歲？

B：30代後半（だいこうはん）です。
sa.n.ju.u.da.i./ko.u.ha.n.de.su.
我快40歲了。

相關短句

何年生（なんねんう）まれですか？
na.n.ne.n.u.ma.re.de.su.ka.
請問你是幾年生的？

おいくつですか？
o.i.ku.tsu.de.su.ka.
請問你幾歲？

どうしてですか？

do.u.shi.te.de.su.ka.

為什麼？

用於詢問原因。

會話

A：昨日電話すると言っていたのに、どうして電話しなかったんですか？
ki.no.u./de.n.wa.su.ru.to./i.tte.i.ta.no.ni./do.u.shi.te./de.n.wa.shi.na.ka.tta.n.de.su.ka.
你說昨天要打電話給我，怎麼沒打？

B：すみません。すっかり忘れてしまいました。
su.mi.ma.se.n./su.kka.ri./wa.su.re.te.shi.ma.i.ma.shi.ta.
對不起，我忘得一乾而淨。

相關短句

なぜ？
na.ze.
為什麼？

なんでですか？
na.n.de.de.su.ka.
為什麼？

Track-064

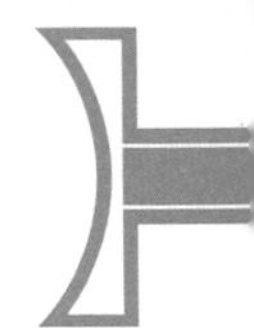

なんでですか？

na.n.de.de.su.ka.

為什麼？

說明

用於詢問原因。和「どうしてですか」同義。

會話

A：なんで私(わたし)のことをそんな風(ふう)に言(い)えるんですか？

na.n.de./wa.ta.shi.no./ko.to.o./so.n.na.fu.fu.ni./i.e.ru.n.de.su.ka.

為什麼那樣說我？

B：何(なに)か誤解(ごかい)しているようなんですが。

na.ni.ka./go.ka.i.shi.te.i.ru.yo.u.na.n.de.su.ga.

看來是有什麼誤會。

相關短句

どうして？

do.u.shi.te.

為什麼？

なんで？

na.n.de.

為什麼？

 Track-065

ほんとう
本当ですか？

ho.n.to.u.de.su.ka.

真的嗎？

用於詢問事物的真實性。

會話

ほんとう
A：それは本当ですか？
so.re.wa./ho.n.to.u.de.su.ka.
那是真的嗎？

わたし　うそ
B：私が嘘をついたことがありますか？
wa.ta.shi.ga./u.so.o./tsu.i.ta.ko.to.ga./a.ri.ma.su.ka.
你看過我說謊嗎？

相關短句

マジで？
ma.ji.de.
真的嗎？

ほんとう
本当なの？
ho.n.to.u.na.no.
真的嗎？

うそでしょう？

u.so.de.sho.u.

你是騙人的吧？

說明

對於另一方的説法或作法抱持著高度懷疑，感到不可置信的時候，可以用這句話來表示自己的驚訝，以再次確認對方的想法。

會話

A：ダイヤのリングをなくしちゃった。
da.i.ya.no.ri.n.gu.o./na.ku.shi.cha.tta.
我的鑽戒不見了！

B：うそでしょう？
u.so.de.sho.u.
你是騙人的吧？

相關短句

うそ！
u.so.
騙人！

うそだろう？
u.so.da.ro.u.
這是謊話吧？

Track-066

いつですか。

i.tsu.de.su.ka.

什麼時候？

用於詢問時間點。

會話

A：その小説、いつ買ったんですか？

so.no.sho.u.se.tsu./i.tsu.ka.tta.n.de.su.ka.

那本小說你什麼時候買的？

B：図書館で借りてきたのです。

to.sho.ka.n.de./ka.ri.te.ki.ta.no.de.su.

我在圖書館借的。

相關短句

いつ時間がありますか？

i.tsu.ji.ka.n.ga./a.ri.ma.su.ka.

你何時有空？

いつ日本にいらっしゃいましたか？

i.tsu.ni.ho.n.ni./i.ra.ssha.i.ma.shi.ta.ka.

請問您是何時來日本的？

Track-066

何時(なんじ)からですか。

na.n.ji.ka.ra.de.su.ka.

從幾點開始？

說明

「から」是用於詢問時間的起點。

會話

A：朝食(ちょうしょく)は何時(なんじ)からですか？
cho.u.sho.ku.wa./na.n.ji.ka.ra./de.su.ka.
早餐是幾點開始？

B： 7時(じ)からです。
shi.chi.ji.ka.ra.de.su.
7點開始。

相關短句

授業(じゅぎょう)は何時(なんじ)から始まりますか？
ju.gyo.u.wa./na.n.ji.ka.ra./ha.ji.ma.ri.ma.su.ka.
幾點開始上課？

仕事(しごと)は何時(なんじ)からですか？
shi.go.to.wa./na.n.ji.ka.ra.de.su.ka.
你的工作是幾點開始？

Track-067

何時（なんじ）ですか？

na.n.ji.de.su.ka.

幾點呢？

前面曾經學過，詢問時間、日期的時候，可以用「いつ」。而只想要詢問時間是幾點的時候，也可以使用「何時（なんじ）」，來詢問確切的時間。

會話

A：今何時（いまなんじ）ですか？
i.ma.na.n.ji.de.su.ka.
現在幾點了？

B：八時十分前（はちじじゅっぷんまえ）です。
ha.chi.ji./ju.ppu.n.ma.e.de.su.
七點五十分了。

相關短句

何時（なんじ）の便（びん）ですか？
na.n.ji.no.bi.n.de.su.ka.
幾點的飛機？

朝（あさ）は何時（なんじ）に起（お）きますか？
a.sa.wa./na.n.ji.ni./o.ki.ma.su.ka.
早上幾點起床？

Track-067

どこで会(あ)いましょうか？

do.ko.de./a.i.ma.sho.u.ka.

要在哪裡碰面？

說明

「どこ」用於詢問地點。

會話

A：どこで会(あ)いましょうか？
do.ko.de./a.i.ma.sho.u.ka.
要在哪裡碰面？

B：学校前(がっこうまえ)にあるカフェで会(あ)いましょう。
ga.kko.u.ma.e.ni./a.ru.ka.fe.de./a.i.ma.sho.u.
在學校前面的咖啡廳碰面好了。

相關短句

どのへんですか？
do.no.he.n.de.su.ka.
在哪裡呢？

お手洗(てあら)いはどこですか？
o.te.a.ra.i.wa./do.ko.de.su.ka.
洗手間在哪裡？

Track-068

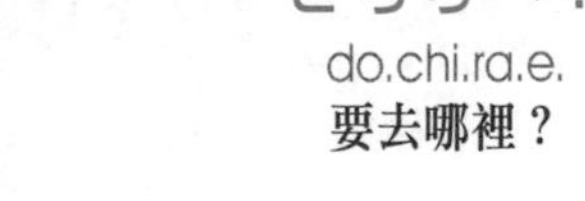

どちらへ？

do.chi.ra.e.

要去哪裡？

說明

「どちら」是比「どこ」禮貌的說法。在詢問「哪裡」的時候使用，也可以用來表示「哪一邊」。另外在電話中也可以用「どちら様(さま)でしょうか」來詢問對方是的大名。

會話

A：伊藤(いとう)さん、おはようございます。
i.to.u.sa.n./o.ha.yo.u.go.za.i.ma.su.
伊藤先生，早安。

B：おはようございます。今日(きょう)はどちらへ？
o.ha.yo.u.go.za.i.ma.su./kyo.u.wa./do.chi.ra.e.
早安，今天要去哪裡呢？

相關短句

駅(えき)はどちらですか？
e.ki.wa./do.chi.ra.de.su.ka.
車站在哪邊呢？

どちらとも決(き)まらない。
do.chi.ra.to.mo./ki.ma.ra.na.
什麼都還沒決定。

Track-068

どれぐらいかかりますか？

do.re.gu.ra.i./ka.ka.ri.ma.su.ka.

要花多少時間？／要花多少錢？

說明

用於詢問時間或金錢大約需要消耗多少。

會話

A：駅(えき)から動物園(どうぶつえん)までどれくらいかかりますか？

e.ki.ka.ra./do.u.bu.tsu.e.n.ma.de./do.re.ku.ra.i./ka.ka.ri.ma.su.ka.

從車站到動物園，需要花多少時間？

B：歩(ある)いて15分(ふん)ぐらいかかります。

a.ru.i.te./ju.u.go.fu.n.gu.ra.i./ka.ka.ri.ma.su.

用走的大約15分。

相關短句

どのくらいかかりますか？

do.no.ku.ra.i./ka.ka.ri.ma.su.ka.

需要花多少時間？

費用(ひよう)はどのくらいかかりますか？

hi.yo.u.wa./do.no.ku.ra.i./ka.ka.ri.ma.su.ka.

需要花多少錢？

Track-069

何曜日(なんようび)ですか？

na.n.yo.u.bi.de.su.ka.

星期幾？

說明

用於詢問星期幾。

會話

A：始業式(しぎょうしき)は何曜日(なんようび)ですか？

shi.gyo.u.shi.ki.wa./na.n.yo.u.bi.de.su.ka.

開學典禮是星期幾？

B：木曜日(もくようび)です。

mo.ku.yo.u.bi.de.su.

星期四。

相關短句

何曜日(なんようび)にセールがありますか？

na.n.yo.u.bi.ni./se.e.ru.ga./a.ri.ma.su.ka.

星期幾有打折？

あの日(ひ)は何曜日(なんようび)ですか？

a.no.hi.wa./na.n.yo.u.bi.de.su.ka.

那天是星期幾？

Track-069

何の日ですか？

na.n.no.hi.de.su.ka.

是什麼日子？

說明

用於詢問節日、特殊日期。

會話

A：お店がみんな閉まっていますけど、今日は何の日ですか？

o.mi.se.ga./mi.n.na.shi.ma.tte.i.ma.su.ke.do./kyo.u.wa./na.n.no.hi.de.su.ka.

所有的店都沒開，今天是什麼日子？

B：海の日です。

u.mi.no.hi.de.su.

今天是海之日。（日本的假日）

相關短句

8月15日は何の日かご存知ですか？

ha.chi.ga.tsu./ju.u.go.ni.chi.wa./na.n.no.hi.ka./go.zo.n.ji.de.su.ka.

你知道8月15日是什麼日子嗎？

10月20日といえば何の日ですか？

ju.u.ga.tsu./ha.tsu.ka.to.i.e.ba./na.n.no.hi.de.su.ka.

是到10月20日，是什麼日子呢？

Track-070

どなたですか？

do.na.ta.de.su.ka.

請問是哪位？

用於詢問對方身分。

會話

A：あの人はどなたですか？
a.no.hi.to.wa./do.na.ta.de.su.ka.
請問那個人是誰？

B：総務課の田中さんです。
so.u.mu.ka.no./ta.na.ka.sa.n.de.su.
他是財務課的田中先生。

相關短句

誰ですか？
da.re.de.su.ka.
是誰？

どちら様ですか？
do.chi.ra.sa.ma.de.su.ka.
請問是哪位？

Track-070

私のメガネ知りませんか？

wa.ta.shi.no.me.ga.ne./shi.ri.ma.se.n.ka.

有人看到我的眼鏡嗎？

說明

在找東西時，問別人有沒有看到。

會話

A：私のメガネ知りませんか？
wa.ta.shi.nio./me.ga.ne./shi.ri.ma.se.n.ka.
有人看到我的眼鏡嗎？

B：頭の上に乗ってるよ。
a.ta.ma.no.u.e.ni./no.tte.ru.yo.
你掛在頭上。

相關短句

どこにあるか知りませんか？
do.ko.ni.a.ru.ka./shi.ri.ma.se.n.ka.
你知道在哪裡嗎？

どこに行っちゃったの？
do.ko.ni./i.ccha.tta.no.
跑到哪兒去了？

知(し)っていますか？

shi.tte./i.ma.su.ka.

你知道嗎？／你認識嗎？

問對方是否知道某件事情或是否認識某個人。

會話

A：あの人(ひと)のことを知(し)っていますか？
a.no.hi.to.no./ko.to.o./shi.tte.i.ma.su.ka.
你認識那個人嗎？

B：いいえ、あの人(ひと)はだれですか？
i.i.e./a.no.hi.to.wa./da.re.de.su.ka.
不認識，他是誰？

相關短句

ご存知(ぞんじ)ですか？
go.zo.n.ji.de.su.ka.
您知道嗎？

この違(ちが)い、知(し)っていますか？
ko.no.chi.ga.i./shi.tte.i.ma.su.ka.
你知道差別在哪嗎？

Track-071

本屋（ほんや）はありますか？

ho.n.ya.wa./a.ri.ma.su.ka.

有書店嗎？

說明

「ありますか」用於詢問是否有某樣事物

會話

A：この近（ちか）くに本屋（ほんや）はありますか？
ko.no.chi.ka.ku.ni./ho.n.ya.wa./a.ri.ma.su.ka.
這附近有書店嗎？

B：あそこの郵便局（ゆうびんきょく）の隣（となり）にあると思（おも）います。
a.so.ko.no./yu.u.bi.n.kyo.ku.no./to.na.ri.ni./a.ru.
to./o.mo.i.ma.su.
我記得那家郵局旁邊有書店。

相關短句

この本（ほん）はありますか？
ko.no.ho.n.wa./a.ri.ma.su.ka.
有這本書嗎？

どこで売（う）っていますか？
do.ko.de./u.tte.i.ma.su.ka.
哪裡有賣？

Track-072

誰のですか？

da.re.no./de.su.ka.

是誰的？

用於詢問東西是誰的。

會話

A：このかばん、誰のですか？

ko.no.ka.ba.n./da.re.no.de.su.ka.

這包包是誰的？

B：誰のか、わかりません。

da.re.no.ka./wa.ka.ri.ma.se.n.

我不知道是誰的。

相關短句

これ、どなたのですか？

ko.re./do.na.ta.no./de.su.ka.

這是誰的？

どの方のですか？

do.no.ka.ta.no./de.su.ka.

是哪位的？

Track-072

何(なに)かお探(さが)しですか？

na.ni.ka./o.sa.ga.shi./de.su.ka.

在找什麼嗎？

說明

問對方在找什麼東西。

會話

A：何(なに)かお探(さが)しですか？
na.ni.ka./o.sa.ga.shi./de.su.ka.
（在商店裡）在找什麼嗎？

B：いや、ちょっと見(み)ているだけです。
i.ya./cho.tto.mi.te.i.ru.da.ke.de.su.
沒有，我只是隨便看看。

相關短句

どのようなご用件(ようけん)でしょうか？
do.no.yo.u.na./go.yo.u.ke.n.de.sho.u.ka.
有什麼事呢？

どのような商品(しょうひん)をお探(さが)しですか？
do.no.yo.u.na.sho.u.hi.n.o./o.sa.ga.shi./de.su.ka.
在找什麼樣的商品嗎？

何(なに)かお困(こま)りですか？

na.ni.ka./o.ko.ma.ri.de.su.ka.

需要幫忙嗎？

說明

見到別人有困難時，用此句話主動詢問對方是否需要幫忙。

會話

A：何(なに)かお困(こま)りですか？
na.ni.ka./o.ko.ma.ri.de.su.ka.
需要幫忙嗎？

B：靴売(くつう)り場(ば)を探(さが)しているんですが。
ku.tsu.u.ri.ba.o./sa.ga.shi.te.i.ru.n.de.su.ga.
我在找鞋子賣場。

相關短句

何(なに)か困(こま)った問題(もんだい)は、ありませんか？
na.ni.ka./ko.ma.tta./mo.n.da.i.wa./a.ri.ma.se.n.ka.
需要幫忙嗎？

何(なに)かお困(こま)りでいらっしゃいますか？
na.ni.ka./o.ko.ma.ri.de./i.ra.ssha.i.ma.su.ka.
需要幫忙嗎？

Track-073

どうしたんですか？

do.u.shi.ta.n.de.su.ka.

怎麼了？

說明

見對方面有難色時，詢問對方發生了什麼事情。

會話

A：どうしたんですか？
do.u.shi.ta.n.de.su.ka.
怎麼了？

B：クレジットカードをなくしました。
ku.re.ji.tto.ka.a.do.o./na.ku.shi.ma.shi.ta.
我的信用卡不見了。

相關短句

どうしましたか？
do.u.shi.ma.shi.ta.ka.
怎麼了？

どうかなさいましたか？
do.u.ka.na.sa.i.ma.shi.ta.ka.
怎麼了？

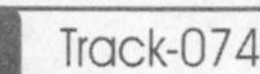

何(なに)かあったの？

na.ni.ka./a.tta.no.

發生什麼事了？

詢問對方發生了什麼事，表示關心。

會話

A：顔色(かおいろ)が良(よ)くないけど、何(なに)かあったの？
ka.o.i.ro.ga./yo.ku.na.i.ke.do./na.ni.ka./a.tta.no.
你臉色不太好，發生什麼事了？

B：いや、ちょっと疲(つか)れてるだけ。
i.ya./cho.tto./tsu.ka.re.te.ru.da.ke.
沒有，我只是累了。

相關短句

何(なに)か不都合(ふつごう)はございましたでしょうか？
na.ni.ka./fu.tsu.go.u.wa./go.za.i.ma.shi.ta./de.sho.u.ka.
有什麼不對勁的嗎？

お怪我(けが)などはございませんでしょうか？
o.ke.ga.na.do.wa./go.za.i.ma.se.n.de.sho.u.ka.
有受傷嗎？

Track-074

いいことあった？
i.i.ko.to.a.tta.
有什麼好事發生嗎？

說明

見對方面露喜色，詢問是否有什麼好事發生。

會話

A：なんか嬉(うれ)しそうな顔(かお)してるけど。なにかいいことあった？
na.n.ka./u.re.shi.so.u.na./ka.o.shi.te.ru.ke.do./na.ni.ka./i.i.ko.to.a.tta.
我看你喜形於色，有什麼好事嗎？

B：え？何(なん)もないよ。
e./na.n.mo.na.i.yo.
嗯？沒有啦！

相關短句

なんか今日(きょう)いいことあった？
na.n.ka./kyo.u./i.i.ko.to.a.tta.
今天發生了什麼好事？

どうだった？
do.u.da.tta.
怎麼樣？

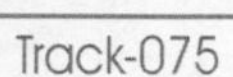

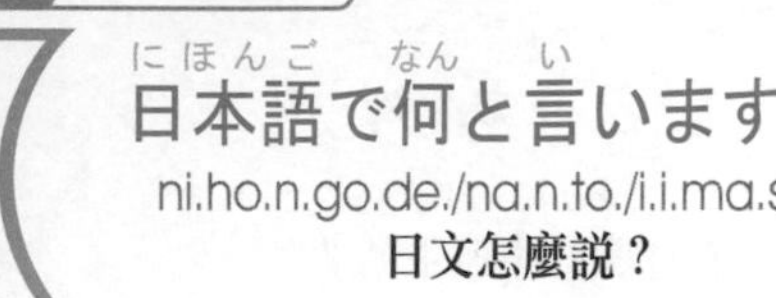

日本語で何と言いますか？

ni.ho.n.go.de./na.n.to./i.i.ma.su.ka.

日文怎麼說？

說明

要詢問某個字或某句話，用日語如何表達。

會話

A：これを日本語で何と言いますか？
ko.re.o./ni.ho.n.go.de./na.n.to./i.i.ma.su.ka.
這個東西日文怎麼說？

B：炊飯器と言いますが、炊飯ジャーと言っても通じますよ。
su.i.ha.n.ki.to./i.i.ma.su.ga./su.i.ha.n.ja.a.to./i.tte.mo./tsu.u.ji.ma.su.yo.
可以叫電鍋，也可以叫電子鍋。

相關短句

日本語で何と訳したらいいだろうか？
ni.ho.n.go.de./na.n.to./ya.ku.shi.ta.ra./i.i.da.ro.u.ka.
翻成日文應該怎麼說比較好？

「I miss you」って日本語で何と言うでしょうか？
i.miss.u./tte./ni.ho.n.go.de./na.n.to./i.u.de.sho.u.ka.
I miss you的日文怎麼說？

Track-075

ご存知(ぞんじ)でしょうか？

go.zo.n.ji.de.sho.u.ka.

您知道嗎？

說明

詢問長輩或是上位者，是否知道某件事情。

會話

A：課長(かちょう)、お忙(いそが)しいところ恐縮(きょうしゅく)ですが、山田商社(やまだしょうしゃ)のことをご存(ぞん)じでしょうか？

ka.cho.u./o.i.so.ga.shi.i.to.ko.ro./kyo.u.shu.ku.de.su.ga./ya.ma.da.so.u.sha.no.ko.to.o./go.zo.n.ji.de.sho.u.ka.

課長，百忙之中打擾了，請問您知道山田商社嗎？

B：うん、知(し)ってる。何(なに)があったか？

u.n./shi.tte.ru./na.ni.ga.a.tta.ka.

我知道，怎麼了？

相關短句

もうお聞(き)きになりましたか？

mo.u./o.ki.ki.ni./na.ri.ma.shi.ta.ka.

請問您聽説了嗎？

お聞(き)きになっていますか？

o.ki.ki.ni./na.tte.i.ma.su.ka.

請問您已經聽説了嗎？／請問您已經知道了嗎？

 Track-076

どうすればいいですか？

do.u.su.re.ba./i.i.de.su.ka.

該怎麼辦才好？

不知如何是好的時候，詢問對方怎麼做比較好。

會話

A：どうすればいいですか？
do.u.su.re.ba./i.i.de.su.ka.
該怎麼辦才好？

B：こうやってみてください。
ko.u.ya.tte./mi.te.ku.da.sa.i.
這樣做試試看。

相關短句

英語（えいご）でどう書（か）けばいいですか？
e.i.go.de./do.u.ka.ke.ba./i.i.de.su.ka.
用英文該怎麼寫？

どうやって行（い）けばいいですか？
do.u.ya.tte./i.ke.ba./i.i.de.su.ka.
該怎麼走？

Track-076

どのように行(い)けばいいですか？

do.no.yo.u.ni./i.ke.ba./i.i.de.su.ka.

該怎麼去比較好？

說明

詢問交通方式。

會話

A：東京駅(とうきょうえき)まで、どのように行(い)けばいいですか？
to.u.kyo.u.e.ki.ma.de./do.no.yo.u.ni./i.ke.ba./i.i.de.su.ka.
要怎麼去東京車站？

B：バスを利用(りよう)すれば便利(べんり)ですよ。
ba.su.o./ri.yo.u.su.re.ba./be.n.ri.de.su.yo.
坐公車比較方便。

相關短句

なんで行(い)けばいいですか？
na.n.de./i.ke.ba./i.i.de.su.ka.
要怎麼去？

どう行(い)けばいいですか？
do.u.i.ke.ba./i.i.de.su.ka.
該怎麼去？

Track-077

どう思(おも)う？

do.u.o.mo.u.

你覺得呢？

說明

詢問對方的想法。

會話

A：あの子(こ)が学校(がっこう)をやめたの、どう思(おも)う？
a.no.ko.ga./ga.kko.u.o./ya.me.ta.no./do.u.o.mo.u.
那孩子休學了，你有什麼想法？

B：それなりの理由(りゆう)があったんだろうね。
so.re.na.ri.no./ri.yu.u.ga./a.tta.n.da.ro.u.ne.
我想他應該有什麼理由吧。

相關短句

どうですか？
do.u.de.su.ka.
怎麼樣？

どう思(おも)われますか？
do.u.o.mo.wa.re.ma.su.ka.
你覺得如何？

Track-077

込(こ)んでいるでしょうか？

ko.n.de.i.ru.de.sho.u.ka.

應該很塞吧？

說明

「でしょうか」是表示推測，此句是表示推測交通狀況應該很壅塞。

會話

A：電車(でんしゃ)は込(こ)んでいるでしょうか？
de.n.sha.wa./ko.n.de.i.ru./de.sho.u.ka.
電車應該很多人吧？

B：ラッシュアワーだから込(こ)んでいると思(おも)います。
ra.sshu.a.wa.a.da.ka.ra./ko.n.de.i.ru.to./o.mo.i.ma.su.
因為是尖峰時間，所以我想應該很多人。

相關短句

多分(たぶん)どこかにいるでしょう。
ta.bu.n./do.ko.ka.ni./i.ru.de.sho.u.
我想大概在哪個地方吧。

多分誰(たぶんだれ)も知(し)らないでしょう。
ta.bu.n./da.re.mo./shi.ra.na.i./de.sho.u.
大概誰都不知道吧。

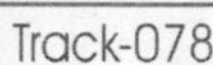

一緒にしませんか？

i.ssho.ni./shi.ma.se.n.ka.

要不要一起？

說明

邀請對方加入。

會話

A：一緒に勉強しませんか？
i.ssho.ni./be.n.kyo.u.shi.ma.se.n.ka.
要不要一起念書？

B：はい、一緒に頑張りましょう。
ha.i./i.ssho.ni./ga.n.ba.ri.ma.sho.u.
好，我們一起加油。

相關短句

一緒に勉強しよう。
i.ssho.ni./be.n.kyo.u.shi.yo.u.
一起念書。

一緒に行かない？
i.ssho.ni.i.ka.na.i.
要不要一起去？

それでいいですよね。

so.re.de./i.i.de.su.yo.ne.

這樣可以吧？

說明

詢問對方是否接受、同意。

會話

A：このまま引き分けにしてしまいましょう。それでいいですよね。
ko.no.ma.ma./hi.ki.wa.ke.ni./shi.te.shi.ma.i.ma.sho.u./so.re.de.i.i.de.su.yo.ne.
那就宣布平手吧，這樣可以吧？

B：うん、そうしよう。
u.n./so.u.shi.yo.u.
好，就這麼辦。

相關短句

それでいい？
so.re.de.i.i.
可以嗎？

いいよね？
i.i.yo.ne.
可以嗎？

何（なに）？

na.ni.

什麼？

說明

聽到熟人叫自己的名字時，可以用這句話來問對方有什麼事。另外可以用在詢問所看到的人、事、物是什麼。

會話

A：何（なに）をしてるんですか？

na.ni.o./shi.te.ru.n.de.su.ka.

你在做什麼？

B：空（そら）を見（み）てるんです。

so.ra.o./mi.te.ru.n.de.su.

我在看天空。

相關短句

えっ？何（なに）？

e./na.ni.

嗯？什麼？

これは何（なに）？

ko.re.wa./na.ni.

這是什麼？

寒(さむ)いの？

sa.mu.i.no.

會冷嗎？

說明

見到對方的動作，問對方是否覺得冷。

會話

A：ブルブル震(ふる)えているね。寒(さむ)いの？
bu.ru.bu.ru.fu.ru.e.te.i.ru.ne./sa.mu.i.no.
你在發抖，會冷嗎？

B：うん、ちょっとね。
u.n./cho.tto.ne.
嗯，有一點？

相關短句

暑(あつ)いの？
a.tsu.i.no.
很熱嗎？

寒(さむ)くない？
sa.mu.kuk.na.i.
不冷嗎？

Track-080

うまくいってる？

u.ma.ku.i.tte.ru.

還順利嗎？

說明

詢問人事物是否順利進行。

會話

A：店（みせ）、うまくいってる？
mi.se./u.ma.ku.i.tte.ru.
店經營得還順利嗎？

B：どうにか食（た）べていっているよ。
do.u.ni.ka./ta.be.te.i.tte.i.ru.yo.
還算過得去。

相關短句

すべてはうまくいっている？
su.be.te.wa./u.ma.ku.i.tte.i.ru.
一切都順利嗎？

仕事（しごと）は順調（じゅんちょう）ですか？
shi.go.to.wa./ju.n.cho.u.de.su.ka.
工作順利嗎？

Track-080

なんでだろう？

na.n.de.da.ro.u.

為什麼呢？

說明

用於百思不得其解時。

會話

A：田中がずっと私を避けてるんだけど、なんでだろう？

ta.na.ka.ga./zu.tto.wa.ta.shi.o./sa.ke.te.ru.n.da.ke.do./na.n.de.da.ro.u.

田中一直躲著我，到底是為什麼呢？

B：なにか後ろめたいことでもあるじゃない？

na.ni.ka./u.shi.ro.me.ta.i.ko.to.de.mo./a.ru.ja.na.i.

應該是有什麼虧心事吧？

相關短句

なぜなんだろう？

na.ze.na.n.da.ro.u.

為什麼呢？

どうしてだろう？

do.u.shi.te.da.ro.u.

為什麼呢？

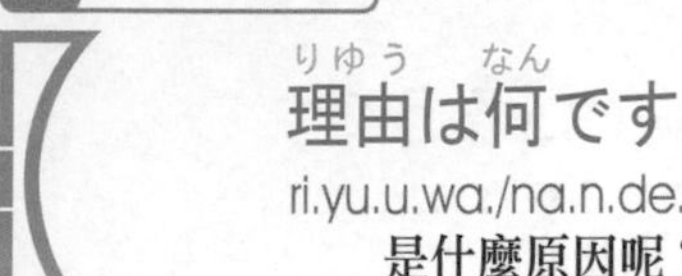

理由(りゆう)は何(なん)ですか？

ri.yu.u.wa./na.n.de.su.ka.

是什麼原因呢？

用於詢問理由。

會話

A：日本(にほん)で発売(はつばい)できない理由(りゆう)は何(なん)ですか？
ni.ho.n.de./ha.tsu.ba.i.de.ki.na.i./ri.yu.u.wa./na.n.de.su.ka.
在日本不能賣的原因是什麼呢？

B：これは言(い)えないですね。
ko.re.wa./i.e.na.i.de.su.ne.
這不能說。

相關短句

なぜですか？
na.ze.de.su.ka.
為什麼呢？

何(なに)か理由(りゆう)があるのでしょうか？
na.ni.ka./ri.yu.u.ga./a.ru.no./de.sho.u.ka.
有什麼原因嗎？

Track-081

なんで知(し)ってるの？

na.n.de./shi.tte.ru.no.

為什麼你知道？

說明

詢問對方為何知道某件事情。

會話

A：これが正解(せいかい)だって、なんで知(し)ってるの？
ko.re.ga./se.i.ka.i.da.tte./na.n.de./shi.tte.ru.no.
為什麼你知道這是正確答案？

B：去年(きょねん)も同(おな)じ問題(もんだい)が出(で)たんだよ。
kyo.ne.n.mo./o.na.ji./mo.n.da.i.ga./de.ta.n.da.yo.
因去年也出了相同的問題啊。

相關短句

どうして分(わ)かるの？
do.u.shi.te./wa.ka.ru.no.
為什麼你知道？

何(なん)で知(し)ってるの？
na.n.de.shi.tte.ru.no.
你為什麼知道？

お時間(じかん)よろしいでしょうか？

o.ji.ka.n./yo.ro.shi.i./de.sho.u.ka.

你有空嗎？

說明

有事要請求別人時，通常會先詢問對方有沒有空，此時就可以用這句話。

會話

A：今(いま)ちょっとお時間(じかん)よろしいでしょうか？
i.ma./cho.tto.o.ji.ka.n.yo.ro.shi.i./de.sho.u.ka.
請問你現在有空嗎？

B：はい、何(なん)ですか？
ha.i./na.n.de.su.ka.
嗯，有什麼事？

相關短句

今お時間(じかん)をいただいてもよろしいでしょうか？
i.ma./ji.ka.n.o./i.ta.da.i.te.mo./yo.ro.shi.i./de.sho.u.ka.
可以分點時間給我嗎？

お時間(じかん)をとっていただけませんでしょうか？
o.ji.ka.n.o./to.tte./i.ta.da.ke.ma.se.n.de.sho.u.ka.
可以撥點時間和我說話嗎？

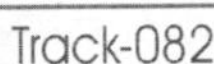

いま
今、いい？

i.ma./i.i.

現在有空嗎？

說明

對於平輩或晚輩，詢問對方現在是否有空。

會話

A：なんでしかめっ面（つら）なの？
na.n.de.shi.ka.me.ttsu.ra.na.no.
你怎麼一臉沉重。

B：話（はなし）があるんだけど、今（いま）、いい？
ha.na.shi.ga.a.ru.n.da.ke.do./i.ma./i.i.
我有事想告訴你，你現在有空嗎？

相關短句

今（いま）、時間（じかん）ある？
i.ma./ji.ka.n.a.ru.
現在有空嗎？

今（いま）、大丈夫（だいじょうぶ）ですか？
i.ma./da.i.jo.u.bu.de.su.ka.
現在方便說話嗎？

 Track-083

気(き)にならない？

ki.ni.na.ra.na.i.

你不感興趣嗎？

問對方有沒有興趣。

會話

A：どんなことがあったのか、気(き)にならない？

do.n.na.ko.to.ga./a.tta.no.ga./ki.ni.na.ra.na.i.

你不會很想知道，到底發生了什麼事嗎？

B：いや、全(まった)く興味(きょうみ)ない。

i.ya./ma.tta.ku./kyo.u.mi.na.i.

不，我完全沒興趣。

相關短句

気(き)にならないですか？

ki.ni.na.ra.na.i.de.su.ka.

你不會很在意嗎？

興味(きょうみ)無(な)いですか？

kyo.u.mi.na.i.de.su.ka.

你沒興趣嗎？

Track-083

聞（き）いてる？
ki.i.te.ru.
你在聽嗎？

說明

想確認對方是不是專心在聽自己說話時，就會使用這個問句。

會話

A：ね、聞（き）いてる？
ne./ki.i.te.ru.
喂，你在聽嗎？

B：うん、ちゃんと聞（き）いてるよ。
u.n./cha.n.to.ki.i.te.ru.yo.
嗯，我在聽啊。

相關短句

ね、話（はな）し聞（き）いてる？
ne./ha.na.shi./ki.i.te.ru.
喂，你在聽嗎？

人（ひと）の話（はなし）、聞（き）いてる？
hi.to.no.ha.na.shi./ki.i.te.ru.
你有在聽我說話嗎？

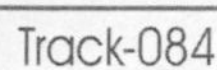

誰(だれ)に聞(き)いたの？

da.re.ni./ki.i.ta.no.

你聽誰說的？

說明

詢問對方的消息來源，是從誰那裡聽說的。

會話

A：国家試験(こっかしけん)を受(う)けるって聞(き)いたんだけど、本当(ほんとう)？

ko.kka.shi.ke.n.o./u.ke.ru.tte./ki.i.ta.n.da.ke.do./ho.n.to.u.

聽說你考上國家考試了，是真的嗎？

B：え？それ、誰(だれ)に聞(き)いたの？

e./so.re./da.re.ni./ki.i.ta.no.

嗯？你聽誰說的？

相關短句

どうして知(し)ってるの？

do.u.shi.te./shi.tte.ru.no.

你怎麼知道？

なんで分(わ)かるの？

na.n.de./wa.ka.ru.no.

為什麼你知道？

Track-084

食べ物に好き嫌いはありますか。

ta.be.mo.no.ni./su.ki.ki.ra.i.wa./a.ri.ma.su.ka.

你挑食嗎？

說明

詢問對方食物的喜好。

會話

A：食べ物に好き嫌いはありますか。
ta.be.mo.no.ni./su.ki.gi.ra.i.wa./a.ri.ma.su.ka.
你挑食嗎？

B：ピーマン以外なら大丈夫です。
pi.i.ma.n.i.ga.i.na.ra./da.i.jo.u.bu.de.su.
除了青椒我都吃。

相關短句

好きな食べ物は何ですか？
su.ki.na./ta.be.mo.no.wa./na.n.de.su.ka.
你喜歡吃什麼？

嫌いな食べ物は何ですか？
ki.ra.i.na./ta.be.mo.no.wa./na.n.de.su.ka.
你討厭吃什麼？

Track-085

安(やす)くていいところある？

ya.su.ku.te./i.i.to.ko.ro.a.ru.

有又便宜又好的地方嗎？

詢問是否有便宜又超值的店家。

會話

A：エステに行(い)きたいんだけど。安(やす)くていいところある？

e.su.te.ni./i.ki.ta.i.n.da.ke.do./ya.su.ku.te./i.i.to.ko.ro./a.ru.

我想去美容護膚，你知道什麼便宜又好的店嗎？

B：私(わたし)が通(かよ)っている店(みせ)に行(い)ってみる？

wa.ta.shi.ga./ka.yo.tte.i.ru./mi.se.ni./i.tte.mi.ru.

我常去的那家怎麼樣？

相關短句

お薦(すす)めのところはありますか？

o.su.su.me.no./to.ko.ro.wa./a.ri.ma.su.ka.

你有什麼推薦的地方嗎？

安(やす)くていい店(みせ)ある？

ya.su.ku.te./i.i.mi.se.a.ru.

有便宜又好的店嗎？

Track-085

寂(さび)しくないの？

sa.bi.shi.ku.na.i.no.

不寂寞嗎？

說明

問對方是否覺得寂寞。「くない」「じゃない」語調上揚時，就是用於詢問。

會話

A：一人暮(ひとりぐら)しは寂(さび)しくないの？
hi.to.ri./gu.ra.shi.wa./sa.bi.shiku.na.i.no.
1個人住不寂寞嗎？

B：ううん。もう慣(な)れたよ。
u.u.n./mo.u.na.re.ta.yo.
不會啊，已經習慣了。

相關短句

どれも同(おな)じに聴(き)こえて、退屈(たいくつ)じゃないの？
do.re.mo.o.na.ji.ni./ki.ko.e.te./ta.i.ku.tsu.ja.na.i.no.
每個聽起來都一樣，不膩嗎？

最近(さいきん)のあの作家(さっか)の作品(さくひん)って、つまらなくないですか？
sa.i.ki.n.no./a.no.sa.kka.no./sa.ku.hi.n.tte./tsu.ma.ra.na.ku.na.i./de.su.ka.
最近那個作的作品，是不是變得很無聊？

知(し)らないの？

shi.ra.na.i.no.

你不知道嗎？

以為對方應該知道的事情，但對方卻不曉得。

會話

A：今(いま)、なんの選挙(せんきょ)やってるの？
i.ma./na.n.no.se.n.kyo.ya.tte.ru.no.
現在是舉行什麼選舉？

B：そんなことも知(し)らないの？ニュースぐらいちゃんとチェックしときなよ。
so.n.na.ko.to.mo./shi.ra.na.i.no./nyu.u.su.gu.ra.i./cha.n.to./che.kku.shi.to.ki.na.yo.
這件事你也不知道？至少看個新聞吧。

相關短句

こんな普通(ふつう)の歴史(れきし)も知(し)らないのか？
ko.n.na./fu.tsu.u.no./re.ki.shi.mo./shi.ra.na.i.no.ka.
這麼一般的歷史知識你也不知道？

政治(せいじ)はなんで民意(みんい)が分(わ)からないのか？
se.i.ji.wa./na.n.de./mi.n.i.ga./wa.ka.ra.na.i.no.ka.
為什麼政治總是不體察民意？

Track-086

ほかのありませんか？

ho.ka.no.a.ri.ma.se.n.ka.

有其他的嗎？

說明

問對方是否有某樣東西時，用的句子就是「ありませんか」。前面只要再加上你想問的物品的名稱，就可以順利詢問對方是否有該樣物品了。

會話

A：ほかの色（いろ）はありませんか？
ho.ka.no.i.ro.wa./a.ri.ma.se.n.ka.
有其他顏色嗎？

B：ブルーとグレーがございます。
bu.ru.u.to.gu.re.e.ga./go.za.i.ma.su.
有藍色和灰色。

相關短句

何（なに）か面白（おもしろ）い本（ほん）はありませんか？
na.ni.ka./o.mo.shi.ro.i.ho.n.wa./a.ri.ma.se.n.ka.
有沒有什麼好看的書？

何（なに）か質問（しつもん）はありませんか？
na.ni.ka./shi.tsu.mo.n.wa./a.ri.ma.se.n.ka.
有沒有問題？

いくら？

i.ku.ra.

多少錢？／幾個？

說明

購物或聊天時，想要詢問物品的價格，用這個句子，可以讓對方了解自己想問的是多少錢。此外也可以用在詢問物品的數量有多少。

會話

A：これ、いくらですか？
ko.re./i.ku.ra.de.su.ka.
這個要多少錢？

B：1300円（えん）です。
se.n.sa.n.ppya.ku.e.n.de.su.
1300日圓。

A：じゃ、これをください。
ja./ko.re.o.ku.da.sa.i.
那麼，請給我這個。

相關短句

この花（はな）はいくらで買（か）いましたか？
ko.no.ha.na.wa./i.ku.ra.de./ka.i.ma.shi.ta.a.
這花你用多少錢買的？

Track-087

どんな？

do.n.na.

什麼樣的？

說明

這個句子有「怎麼樣的」、「什麼樣的」之意，比如在詢問這是什麼樣的商品、這是怎麼樣的漫畫時，都可以使用。

會話

A：どんな音楽（おんがく）がすきなの？
do.n.na.o.n.ga.ku.gz./su.ki.na.no.
你喜歡什麼類型的音樂呢？

B：ジャズが好（す）き。
ja.zu.ga.su.ki.
我喜歡爵士樂。

相關短句

彼（かれ）はどんな人（ひと）ですか？
ka.re.wa./do.n.na.hi.to.de.su.ka.
他是個怎麼樣的人？

どんな部屋（へや）をご希望（きぼう）ですか？
do.n.na.he.ya.o./go.ki.bo.u.de.su.ka.
你想要什麼樣的房間呢？

Track-088

どういうこと？

do.u.i.u.ko.to.

怎麼回事？

說明

　　當對方敘述了一件事，讓人搞不清楚是什麼意思，或者是想要知道詳情如何的時候，可以用「どういうこと」來表示疑惑，對方聽了之後就會再詳加解釋。但要注意語氣，若時語氣顯出不耐煩或怒氣，反而會讓對方覺得你是在挑釁喔！

會話

A：彼(かれ)と別(わか)れた。

ka.re.to./wa.ka.re.ta.

我和他分手了。

B：えっ？どういうこと？

e./do.u.i.u.ko.to.

怎麼回事？

A：また転勤(てんきん)することになったの。

ma.ta./te.n.ki.n.su.ru.ko.to.ni./na.tta.no.

我又被調職了。

B：えっ、一体(いったい)どういうこと？

e./e.tta.i.do.u.i.u.ko.to.

啊？到底是怎麼回事？

Track-088

どういう意味（いみ）？

do.u.i.u.i.mi.

什麼意思？

說明

日文中的「意味（いみ）」就是「意思」，聽過對方的話之後，並不了解對方說這些話是想表達什麼意思時，可以用「どういう意味（いみ）」加以詢問。

會話

A：それ以上（いじょう）聞（き）かないほうがいいよ。
so.re.i.jo.u./ki.ka.na.i.ho.u.ga.i.i.yo.
你最好不要再追問下去。

B：えっ、どういう意味（いみ）？
e./do.u.i.u.i.mi.
咦，為什麼？

相關短句

どういう事情（じじょう）か聞（き）かせてくれないか？
do.u.i.u.ji.jo.u.ka./ki.ka.se.te./ku.re.na.i.ka.
可以告訴我是怎麼一回事嗎？

それはどういう意味（いみ）でしょうか？
so.er.wa./do.u.i.u.i.mi./de.sho.u.ka.
那是什麼意思？

Track-089

何(なん)ですか？

na.n.de.su.ka.

什麼事？

說明

要問對方有什麼事情，或者是看到了自己不明白的物品、文字時，都可以用這句話來發問。

會話

A：あのう、すみません。
a.no.u./su.mi.ma.se.n.
呃，不好意思。

B：ええ、何(なん)ですか？
e.e./na.n.de.su.ka.
有什麼事嗎？

相關短句

アプリって何(なん)ですか？
a.pu.ri.tte./na.n.de.su.ka.
什麼是APP？

これは何(なん)ですか？
ko.re.wa./na.n.de.su.ka.
這是什麼？

Track-089

どれ？

do.re.

哪一個？

說明

面對數量很多的人、事、物，但不知道要鎖定的目標是哪一個的時候，就可以使用這個句子。而當選項只有兩個的時候，則是要用「どっち」。

會話

A：どれにしようか？
do.re.ni./shi.yo.u.ka.
要選哪一個呢？

B：これどう？
ko.re.do.u.
這個怎麼樣？

相關短句

この中(なか)でどれが気(き)に入(い)った？
ko.no.na.ka.de./do.re.ga./ki.ni.i.tta.
這裡面你喜歡哪個？

あなたの車(くるま)はどれですか？
a.na.ta.no.ku.ru.ma.wa./do.re.de.su.ka.
你的車是哪一輛？

Track-090

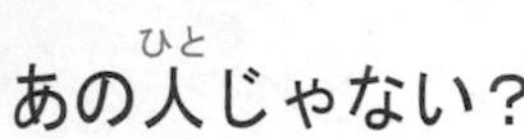

あの人(ひと)じゃない？

a.no.hi.to.ja.na.i.

不是那個人嗎？

說明

在自己的心中已經有了一個答案，想要徵詢對方的意見，或是表達自己的想法，就在自己的想法後面上「じゃない」，表示「不是……嗎？」。

會話

A：あの人(ひと)は松重(まつしげ)さんじゃない？

a.no.hi.to.wa./ma.tsu.shi.ge.sa.n./ja.na.i.

那個人是松重先生嗎？

B：違(ちが)うだろ。松重(まつしげ)さんはもっと背(せ)が低(ひく)いよ。

chi.ga.u.da.ro./ma.tsu.shi.ge.sa.n.wa./mo.tto.se.ga.hi.ku.i.yo.

不是吧，松重先生比較矮。

相關短句

いいんじゃないか？

i.i.n.ja.na.i.ka.

不是很好嗎？

必要(ひつよう)ないんじゃないか？

hi.tsu.yo.u.na.i.n./ja.na.i.ka.

沒必要吧。

Track-090

何(なん)と言(い)いますか？

na.n.to.i.i.ma.su.ka.

該怎麼説呢？

説明

當想要形容的事物難以言喻的時候，可以用這句話來表示自己的心中找不到適當的形容詞。

會話

A：パープルは日本語(にほんご)で何(なん)と言(い)いますか？
pa.a.pu.ru.wa./ni.ho.n.go.de./na.n.to.i.i.ma.su.ka.
purple的日文怎麼説？

B：むらさきです。
mu.ra.sa.ki.de.su.
是紫色。

相關短句

何(なん)と言(い)うの？
na.n.to.i.u.no.
該怎麼説？

なんて言(い)うか…。
na.n.te.i.u.ka.
該怎麼説？

Track-091

食(た)べたことがありますか？

ta.be.ta.ko.to.ga./a.ri.ma.su.ka.

有吃過嗎？

說明

動詞加上「ことがありますか」，是表示有沒有做過某件事的經歷。有的話就回答「はい」，沒有的話就說「いいえ」。

會話

A：イタリア料理(りょうり)を食(た)べたことがありますか？

i.ta.ri.a.ryo.u.ri.o./ta.be.ta.ko.to.ga./a.ri.ma.su.ka.

你吃過義大利菜嗎？

B：いいえ、食(た)べたことがありません。

i.i.e./ta.be.ta.ko.to.ga./a.ri.ma.se.n.

沒有，我沒吃過。

相關短句

見(み)たことがありますか？

mi.ta.ko.to.ga./a.ri.ma.su.ka.

看過嗎？

行(い)ったことがあります。

i.tta.ko.to.ga./a.ri.ma.su.

有去過。

Track-091

いかがですか？

i.ka.ga.de.su.ka.

如何呢？

說明

詢問對方是否需要此項東西，或是覺得自己的提議如何時，可以用這個句子表達。是屬於比較禮貌的用法，在飛機上常聽到空姐説的「コーヒーいかがですか」，就是這句話的活用。

會話

A：もう一杯（いっぱい）コーヒーをいかがですか？

mo.u./i.ppa.i.ko.o.hi.i.o./i.ka.ga.de.su.ka.

再來一杯咖啡如何？

B：結構（けっこう）です。

ke.kko.u.de.su.

不用了。

相關短句

ご気分（きぶん）はいかがですか？

go.ki.bu.n.wa./i.ka.ga.de.su.ka.

現在覺得怎麼樣？

早（はや）めにお休（やす）みになってはいかがでしょう？

ha.ya.me.ni.o.ya.su.mi.ni./na.tte.wa./i.ka.ga.de.sho.u.

要不要早點休息？

 Track-092

今日の調子はどうですか？

kyo.u.no.cho.u.shi.wa./do.u.de.su.ka.

今天的狀況如何？

說明

要身體的狀況，或是事情進行的情況時，就是「調子」。後面加上形容詞，就可以表示狀態。

會話

A：今日の調子はどうですか？
kyo.u.no.cho.u.shi.wa./do.u.de.su.ka.
今天的狀況如何？

B：上々です。絶対に勝ちます。
jo.u.jo.u.de.su./ze.tta.i.ni./ka.chi.ma.su.
狀況很棒，絕對可以得到勝利！

相關短句

具合はどう？
gu.a.i.wa./do.u.
狀況怎麼樣？

今日の状況はどう？
kyo.u.no./jo.u.kyo.u.wa./do.u.
今天狀況怎麼樣？

Track-092

こんな感じ(かん)でいい？

ko.n.na.ka.n.ji.de./i.i.

這樣如何？

說明

「感じ(かん)」是用在表達感覺時使用，前面可以加上形容事物的名詞，來說明各種感觸。

會話

A：公式(こうしき)サイトって、こんな感じ(かん)でいい？
ko.u.shi.ki.sa.i.to.tte./ko.n.na.ka.n.ji.de./i.i.
官方網站弄成這樣如何？

B：うん、いいんじゃない。
u.n./i.i.n.ja.na.i.
嗯，還不錯呢！

相關短句

これでいい？
ko.re.de./i.i.
這樣好嗎？

いい感じ(かん)。
i.i.ka.n.ji.
感覺不錯。

Track-093

いつ都合(つごう)がいい？

i.tsu./tsu.go.u.ga.i.i.

什麼時候有空？

在接受邀約，或者有約定的時候，用這個句子，可以表達自己的行程是否能夠配合，而在拒絕對方的時候，不想要直接說明理由，也可以用「都合(つごう)が悪(わる)い」來婉轉拒絕。

會話

A：来月(らいげつ)のいつ都合(つごう)がいい？
ra.i.ge.tsu.no.i.tsu./tsu.go.u.ga.i.i.
下個月什麼時候有空？

B：週末(しゅうまつ)だったらいつでも。
shu.u.ma.tsu.da.tta.ra./i.tsu.de.mo.
如果是週末的話都可以。

相關短句

それはわたしにとって都合(つごう)が悪(わる)い。
so.re.wa./wa.ta.shi.ni.to.tte./tsu.go.u.ga.wa.ru.i.
這對我來說很不方便。

都合(つごう)によっては車(くるま)で行(い)くかもしれない。
tsu.go.u.ni.yo.tte.wa./ku.ru.ma.de.i.ku./ka.mo.shi.re.na.i.
看狀況而定，說不定我會開車去。

Track-093

将来、何がしたいの？

sho.u.ra.i./na.ni.ga.shi.ta.i.no.

你將來想做什麼？

說明

想要做一件事情的時候，會用「したい」這個句子，要是看到別人在做一件事的時候，自己也想加入，可以用這句話來表達自己的意願。

會話

A：将来、何がしたいの？
sho.u.ra.i./na.ni.ga.shi.ta.i.no.
你將來想做什麼？

B：高校に入ったばかりでそんな先のことを考えていないよ。
ko.u.ko.u.ni./ha.i.tta.ba.ka.ri.de./so.n.na.sa.ki.no.ko.to.o./ka.n.ga.e.te.i.na.i.yo.
我才剛進高中，還沒想那麼遠。

相關短句

応援したい。
o.u.e.n.shi.ta.i.
想要支持。

参加したいですが。
sa.n.ka.shi.ta.i.de.su.ga.
我想參加可以嗎？

Track-094

誰(だれ)の番(ばん)？

da.re.no.ba.n.

輸到誰？

說明

「番(ばん)」這個字，除了有中文裡「號」的意思之外，也有「輸到誰」的意思，用在表示順序。

會話

A：今日(きょう)の皿洗(さらあら)いは誰(だれ)の番(ばん)？
kyo.u.no./sa.ra.a.ra.i.wa./da.re.no.ba.n.
今天輪到誰洗碗？

B：隆子(たかこ)の番(ばん)だ。
ta.ka.ko.no.ba.n.da.
輪到隆子了。

相關短句

わたしの番(ばん)です。
wa.ta.shi.no.ba.n.de.su.
輪到我了。

誰(だれ)の番(ばん)ですか？
da.re.no.ba.n.de.su.ka.
輪到誰了？

Chapter. 06

請求

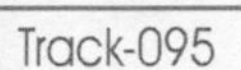

頂（いただ）いてもよろしいですか？

i.ta.da.i.te.mo./yo.ro.shi.i.de.su.ka.

可以給我嗎？／可以拿嗎？

請問對方自己是否能夠拿某樣東西。

會話

A：このパンフレット、頂（いただ）いてもよろしいですか？
ko.no.pa.n.fu.re.tto./i.ta.da.i.te.mo./yo.ro.shi.i.de.su.ka.
這場刊可以拿嗎？

B：はい、どうぞ。
ha.i./do.u.zo.
好的，請。

相關短句

もらってもいいですか？
mo.ra.tte.mo./i.i.de.su.ka.
可以拿嗎？

もらっていい？
mo.ra.tte./i.i.
可以拿嗎？

Track-095

貸(か)していただけませんか？

ka.shi.te./i.ta.da.ke.ma.se.n.ka.

可以借我嗎？

說明

在請求時，更為禮貌的說法就是「いただけませんか」，常用於對長輩或是地位較高的人。

會話

A：さいふを家(いえ)に忘(わす)れてきたので、5000円(えん)を貸(か)していただけませんか？

sa.i.fu.o./i.e.ni./wa.su.re.te.ki.ta.no.de./go.se.n.e.n.o./ka.shi.te./i.ta.da.ke.ma.se.n.ka.

我忘了帶錢包，可以借我5000日幣嗎？

B：今一万円札(いまいちまんえんさつ)しか無(な)いから、これでどうぞ。

i.ma./i.chi.ma.n.e.n.sa.tsu.shi.ka.na.i.ka.ra./ko.re.de.do.u.zo.

我現在只有萬元鈔，你就拿去吧。

相關短句

教(おし)えていただけませんか？

o.shi.e.te./i.ta.da.ke.ma.se.n.ka.

可以請你教我嗎？

貸(か)してくれませんか？

ka.shi.te./ku.re.ma.se.n.ka.

可以借我嗎？

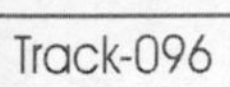

お願(ねが)いします。

o.ne.ga.i.shi.ma.su.

拜託。

說明

用於有事拜託對方時。

會話

A：すみません。チェックインお願(ねが)いします。

su.mi.ma.se.n./che.kku.i.n./o.ne.ga.i.shi.ma.su.

不好意思，請幫我辦報到手續。

B：かしこまりました。

ka.shi.ko.ma.ri.ma.shi.ta.

好的。

相關短句

営業部(えいぎょうぶ)の田中(たなか)さんをお願(ねが)いします。

e.i.gyo.u.bu.no./ta.na.ka.sa.n.o./o.ne.ga.i.shi.ma.su.

請幫我找業務部的田中。

ご協力(きょうりょく)お願(ねが)いします。

go.kyo.u.ryo.ku./o.ne.ga.i./shi.ma.su.

請幫忙。

Track-096

仲間に入れて。

na.ka.ma.ni./i.re.te.

讓我加入。

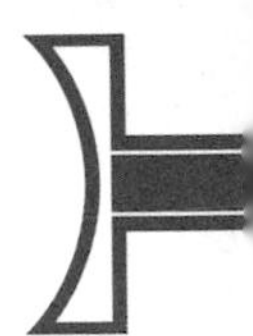

說明

用於要求對方讓自己加入時。

會話

A：みんなで映画に行くなら、仲間に入れてよ。

mi.n.na.de./e.i.ga.ni.i.ku.na.ra./na.ka.ma.ni.i.re.te.yo.

如果大家要去看電影的話，也算我一個吧。

B：いいよ、一緒に行こう。

i.i.yo./i.ssho.ni./i.ko.u.

好啊，大家一起去。

相關短句

僕も仲間に入れてください。

bo.ku.mo./na.ka.ma.ni./i.re.te.ku.da.sa.i.

我也想要加入。

仲間にまぜてください。

na.ka.ma.ni./ma.ze.te.ku.da.sa.i.

請讓我加入。

試着(しちゃく)してもいいですか？

shi.cha.ku.shi.te.mo./i.i.de.su.ka.

可以試穿嗎？

說明

「してもいいですか」是用於詢問是否可以做某件事情。

會話

A：これを試着(しちゃく)してもいいですか？
ko.re.o./shi.cha.ku.shi.te.mo./i.i.de.su.ka.
這可以試穿嗎？

B：どうぞ。試着室(しちゃくしつ)はあちらにあります。
do.u.zo./shi.cha.ku.shi.tsu.wa./a.chi.ra.ni./a.ri.ma.su.
好的，試衣間在那裡。

相關短句

試食(ししょく)してもいいですか？
shi.cho.ku.shi.te.mo./i.i.de.su.ka.
可以試吃嗎？

試(ため)してみてもいいですか？
ta.me.shi.te./mi.te.mo./i.i.de.su.ka.
可以試看看嗎？

Track-097

どうか、お願い。

do.u.ka./o.ne.ga.i.

拜託你了。

說明

用於表現衷心的懇求。

會話

A：どうかお願い。これが最後だから。
do.u.ka.o.ne.ga.i./ko.re.ga.sa.i.go.da.ka.ra.
拜託你了，這是最後一次了。

B：この間も最後って言ってたじゃない？
ko.no.a.i.da.mo./sa.i.go.tte./i.tte.ta.ja.na.i.
你以前也說是最後一次不是嗎？

相關短句

一生のお願い！
i.ssho.u.no./o.ne.ga.i.
就拜託你這一次！

本当にお願い！
ho.n.to.u.ni.o.ne.ga.i.
求求你！

Track-098

からかわないで。

ka.ra.ka.wa.na.i.de.

別嘲笑我。

這個句子是嘲笑的意思，當受人輕視時，就可以用「からかわないで」來表示抗議。

會話

A：今日はきれいだね。どうしたの？デート？

kyo.u.wa./ki.re.i.da.ne./do.u.shi.ta.no./de.e.to.

今天真漂亮，今天要去約會嗎？

B：違うよ。からかわないで。

chi.ga.u.yo./ka.ra.ka.wa.na.i.de.

哪有啊，別拿我開玩笑了。

相關短句

からかうなよ。

ka.ra.ka.u.na.yo.

別嘲笑我。

からかわれてしまった。

ka.ra.ka.wa.re.te.shi.ma.tta.

我被嘲笑了。

勘弁(かんべん)してよ。

ka.n.be.n.shi.te.yo.

饒了我吧！

說明

已經不想再做某件事，或者是要請對方放過自己時，就會用這句話，表示自己很無奈、無能為力的感覺。

會話

A：またカップラーメン？勘弁(かんべん)してよ。
ma.ta.ka.ppu.ra.a.me.n./ka.n.be.n.shi.te.yo.
又要吃泡麵？饒了我吧。

B：料理(りょうり)を作(つく)る暇(ひま)がないから。
ryo.u.ri.o.tsu.ku.ru.hi.ma.ga./na.i.ka.ra.
因為我沒時間作飯嘛！

相關短句

勘弁(かんべん)してくれよ。
ka.n.be.n.shi.te.ku.re.yo.
饒了我吧！

勘弁(かんべん)してください。
ka.n.be.n.shi.te./ku.da.sa.i.
請放過我。

待って。

ma.tte.

等一下。

說明

談話時，要請對方稍微等自己一下的時候，可以用這句話來請對方稍作等待。

會話

A：じゃ、行ってきます。
ja./i.tte.ki.ma.su.
走吧！

B：あっ、待ってください。
a./ma.tte.ku.da.sa.i.
啊，等一下。

相關短句

ちょっと待ってください。
jo.tto./ma.tte.ku.da.sa.i.
請等一下。

少々お待ちください。
sho.u.sho.u./o.ma.chi.ku.da.sa.i.
稍等一下。

Track-099

手伝(てつだ)って。

te.tsu.da.tte.

幫幫我。

說明

當自己一個人的能力沒有辦法負荷的時候，要請別人伸出援手時，可以說「手伝(てつだ)ってください」，以請求支援。

會話

A：ちょっと本棚(ほんだな)の整理(せいり)を手伝(てつだ)ってくれない？

cho.tto./ho.n.da.na.no.se.i.ri.o./te.tsu.da.tte.ku.re.na.i.

可以幫我整理書櫃嗎？

B：へえ、嫌(いや)だよ。

he.e./i.ya.da.yo.

不要。

相關短句

手伝(てつだ)ってください。

te.tsu.da.tte./ku.da.sa.i.

請幫我。

手伝(てつだ)ってちょうだい。

te.tsu.da.tte./cho.u.da.i.

幫幫我吧！

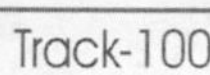

これください。

ko.re.ku.da.sa.i.

請給我這個。

說明

要求別人做什麼事的時候，後面加上ください，就表示了禮貌，相當於是中文裡的「請」。

會話

A：これください。
ko.re.ku.da.sa.i.
請給我這個。

B：かしこまりました。
ka.shi.ko.ma.ri.ma.shi.ta.
好的。

相關短句

コーヒーください。
ko.o.hi.i.ku.da.sa.i.
請給我咖啡。

サンドイッチ2つください。
sa.n.do.i.cchi./fu.ta.tsu.ku.da.sa.i.
我要兩個三明治。

Track-100

頼(たの)む。

ta.no.mu.

拜託。

說明

對於比較熟的人，說話不用那麼拘泥的時候，就可以用這個字來表示自己的請託之意。

會話

A：頼(たの)むから、タバコだけはやめてくれ。
ta.no.mu.ka.ra./ta.ba.ko.da.ke.wa./ya.me.te.ku.re.
拜託你早點戒菸。

B：それは無理(むり)！
so.re.wa.mu.ri.
不可能。

相關短句

ちょっと頼(たの)みたいことがある。
cho.tto./ta.no.mi.ta.i.ko.to.ga.a.ru.
有點事要拜託你。

この荷物(にもつ)を頼(たの)みますよ。
ko.no.ni.mo.tsu.o./ta.no.mi.ma.su.yo.
這行李就麻煩你保管了。

助(たす)けて。

ta.su.ke.te.

救救我。

說明

遇到緊急的狀況，或是束手無策的狀態時，用這句話可以表示自己的無助，以請求別人出手援助。

會話

A：誰(だれ)か助(たす)けて！

da.re.ka.ta.su.ke.te.

救命啊！

B：どうしましたか？

do.u.sh.ma.shi.ta.ka.

發生什麼事了？

相關短句

助(たす)けてください。

ta.su.ke.te.ku./da.sa.i.

請幫幫我。

今日(きょう)のところはどうか助(たす)けてください。

kyo.u.no.to.ko.ro.wa./do.u.ka./ta.su.ke.te.ku./da.sa.i.

無論如何拜託請幫幫我。

 Track-101

訳（やく）してくれませんか？

ya.ku.shi.te./ku.re.ma.se.n.ka.

可以翻譯給我聽嗎？

說明

「くれませんか」是用於請求別人幫自己做某件事情時。

會話

A：日本語（にほんご）に訳（やく）してくれません？
ni.ho.n.go.ni./ya.ku.shi.te./ku.re.ma.se.n.ka.
可以幫我翻成日文嗎？

B：ええ、いいですよ。
e.e./i.i.de.su.yo.
好啊。

相關短句

教（おし）えてくれませんか？
o.shi.e.te./ku.re.ma.se.n.ka.
可以教我嗎？

手伝（てつだ）っていただけませんか？
te.tsu.da.tte./i.ta.da.ke.ma.se.n.ka.
可以幫我嗎？

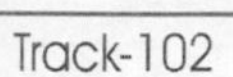

ちょうだい。

cho.u.da.i.

給我。

說明

要請對方給自己東西或請對方幫自己做些事情，而對方輩分較低的時候，就可以用這個字。

會話

A：わたしは誰(だれ)だ？当(あ)ててみて。
wa.ta.shi.wa./da.re.da./a.te.te.mi.te.
猜猜我是誰？

B：分(わ)からないよ。ヒントをちょうだい。
wa.ka.ra.na.i.yo./hi.n.to.o./cho.u.da.i.
我猜不到，給我點提示。

相關短句

それをちょうだい。
so.re.o./cho.u.da.i.
給我那個。

そのコップを取(と)ってちょうだい。
so.no.kko.ppu.o./to.tte./cho.u.da.i.
幫我拿那個杯子。

Track-102

もらえませんか？

mo.ra.e.ma.se.n.ka.

可以嗎？

說明

比起「いただけませんか」，「もらえませんか」比較沒有那麼正式，但也是禮貌的說法，也是用於請求對方的時候。

會話

A：辞書(じしょ)をちょっと見(み)せてもらえませんか？
ji.sho.o./cho.tto.mi.se.te./mo.ra.e.ma.se.n.ka.
字典可以借我看看嗎？

B：はい、どうぞ。
ha.i./do.u.zo.
好的，請。

相關短句

教(おし)えてもらえませんか？
o.shi.e.te./mo.ra.e.ma.se.n.ka.
可以教我嗎？

傘(かさ)を貸(か)してもらえませんか？
ka.sa.o./ka.shi.te./mo.ra.e.ma.se.n.ka.
可以借我雨傘嗎？

Track-103

買(か)ってくれない？

ka.tte.ku.re.na.i.

可以買給我嗎？

說明

和「ください」比較起來，不那麼正式的説法，和朋友説話的時候，可以用這個説法，來表示希望對方給自己東西或是幫忙。

會話

A：これ、買(か)ってくれない？
ko.re./ka.tte.ku.re.na.i.
這可以買給我嗎？

B：いいよ。たまにはプレゼント。
i.i.yo./ta.ma.ni.wa./pu.re.ze.n.to.
好啊，偶爾也送你些禮物。

相關短句

待(ま)ってくれない？
ma.tte.ku.re.na.i.
可以等我一下嗎？

絵(え)の描(か)き方(かた)を教(おし)えてくれませんか？
e.no.ka.ki.ka.ta.o./o.shi.e.te.ku.re.ma.se.n.ka.
可以教我怎麼畫畫嗎？

Chapter. 07

邀請

 Track-104

一緒(いっしょ)に食(た)べましょうか？

i.ssho.ni./ta.be.ma.sho.u.ka.

一起去吃吧？

說明

用於邀請對方一起用餐。

會話

A：明日(あした)、一緒(いっしょ)にご飯(はん)を食(た)べましょうか？
a.shi.ta./i.ssho.ni./go.ha.n.o./ta.be.ma.sho.u.ka.
明天要不要一起吃飯。

B：ええ、いいですよ。
e.e./i.i.de.su.yo.
好啊。

相關短句

ご飯(はん)でもご一緒(いっしょ)しませんか？
go.ha.n.de.mo./go.i.ssho.shi.ma.se.n.ka.
要不要一起吃飯？

一緒(いっしょ)に食事(しょくじ)でもどうですか？
i.ssho.ni./sho.ku.ji.de.mo./do.u.de.su.ka.
要不要一起吃個飯？

Track-104

お茶(ちゃ)でも飲(の)みましょうか？

o.cha.de.mo./no.mi.ma.sho.u.ka.

要不要去喝個什麼？

說明

邀請對方一起去喝飲料。

會話

A：ああ、喉(のど)が乾(かわ)いた！
a.a./no.do.ga./ka.wa.i.ta.
啊，好渴喔。

B：じゃあ、どこかでちょっとお茶(ちゃ)でも飲(の)みましょうか？
ja.a./do.ko.ka.de./cho.tto./o.cha.de.mo./no.mi.ma.sho.u.ka.
那，要不要出去找地方喝個飲料。

相關短句

お茶(ちゃ)でもしましょうか？
o.cha.de.mo./shi.ma.sho.u.ka.
要不要去喝個什麼？

一緒(いっしょ)にお茶(ちゃ)しようか？
i.ssho.ni./o.cha.shi.yo.u.ka.
一起去喝杯飲料吧。

Track-105

一杯どうですか？

いっぱい

i.ppa.i.do.u.de.su.ka.

要不要喝一杯（酒）？

說明

此句是邀請對方一起飲酒、喝一杯之意。

會話

A：ここは焼酎が美味しいことで有名ですけど、軽く一杯どうですか？

ko.ko.wa./sho.u.chu.u.ga./o.i.shi.i.ko.to.de./yu.u.me.i.de.su.ke.do./ka.ru.ku.i.ppa.i.do.u.de.su.ka.

這裡的日式燒酒很有名，要不要來一杯？

B：じゃあ、いただきます。

ja.a./i.ta.da.ki.ma.su.

好啊。

相關短句

一杯飲もうか？

i.ppa.i.no.mo.u.ka.

要不要去喝一杯？

一杯どう？

i.ppa.i.do.u.

要不要喝一杯？

Track-105

ご飯(はん)に行(い)こう。

go.ha.n.ni./i.ko.u.

去吃飯吧。

說明

對平輩或後輩，相約一起去吃飯。

會話

A：さあ、ご飯(はん)食(た)べに行(い)こう。
sa.a./go.ha.n.ta.be.ni./i.ko.u.
那麼，我們去吃飯吧。

B：何(なに)かいい店(みせ)知(し)ってる？
na.ni.ka./i.i.mi.se./shi.tte.ru.
你推薦什麼店？

相關短句

映画(えいが)を見(み)に行(い)こうか。
e.i.ga.o./mi.ni.i.ko.u.ka.
一起去看電影吧？

一緒(いっしょ)に釣(つ)りに行(い)こうか？
i.ssho.u.ni./tsu.ri.ni./i.ko.u.ka.
要不要一起去釣魚？

 Track-106

おしゃべりしようよ。

o.sha.be.ri.shi.yo.u.yo.

一起聊一聊。

邀請對方一起聊天。

會話

A：お久しぶり！

o.hi.sa.shi.bu.ri.

好久不見。

B：本当！いっぱいおしゃべりしよう。

ho.n.to.u./i.ppa.i./o.sha.be.ri./shi.yo.u.

真的好久不見，我們要好好聊一聊。

相關短句

一緒に話しましょう。

i.ssho.ni./ha.na.shi.ma.sho.u.

一起聊天吧。

ゆっくり話そう。

yu.kku.ri./ha.na.so.u.

慢慢地聊。

Track-106

入(はい)ってみようよ。

ha.i.tte./mi.yo.u.yo.

進去看看吧。

說明

「～てみようよ」是建議對方試試看某件事。

會話

A：お化(ば)け屋敷(やしき)に入(はい)ってみようよ。
o. ba. ke. ya. shi. ki. ni. /ha. i. tte. mi. yo. u. yo.
進鬼屋看看吧。

B：嫌(いや)だよ。ここで待(ま)ってる。私(わたし)は怖(こわ)がりだから。
i.ya.da.yo./ko.ko.de.ma.tte.ru./wa.ta.shi.wa./ko.wa.ga.ri.da.ka.ra.
不要，我在這裡等你，因為我會害怕。

相關短句

行(い)ってみようよ。
i.tte.mi.yo.u.yo.
去看看嘛。

やってみようよ。
ya.tte.mi.yo.u.yo.
試看看嘛。

遊ぼうよ。

a.so.bo.u.yo.

一起來玩。

說明

想要請對方過來和自己一起玩，可以說「一緒に遊ぼう」，常常可以聽到小朋友們說這句話，要求對方一起來玩。

會話

A：ね、一緒に遊ぼうよ。
ne./i.ssho.ni./a.so.bo.u.yo.
一起玩吧！

B：ごめん、今はちょっと、あとでいい？
go.me.n./i.ma.wa.cho.tto./a.to.de.i.i.
對不起，現在正忙，等一下好嗎？

相關短句

また遊ぼうね。
ma.ta.a.so.bo.u.ne.
再一起玩吧！

遊びましょう。
a.so.bi.ma.sho.u.
來玩吧！

来(き)てください。

ki.te.ku.da.sa.i.

請過來。

說明

要請對方走過來、參加或是前來光臨的時的，都是用這句話，可以用在邀請對方的時候。

會話

A：楽(たの)しい時間(じかん)がすごせました。ありがとうございました。

ta.no.shi.i.ji.ka.n.ga./su.go.se.ma.shi.ta./a.ri.ga.to.u./go.za.i.ma.su.

我渡過了很開心的時間，謝謝。

B：また遊(あそ)びに来(き)てくださいね。

ma.ta./a.so.bi.ni.ki.te./ku.da.sa.i.ne.

下次再來玩吧！

相關短句

見(み)に来(き)てくださいね。

mi.ni.ki.te.ku.da.sa.i.ne.

請來看。

是非(ぜひ)ライブに来(き)てください。

ze.hi./ra.i.bu.ni./ki.te.ku.da.sa.i.

請來參加演唱會。

日文輕鬆上口！
每日應用一句，

Chapter. 08

勸告、禁止、命令

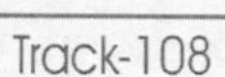

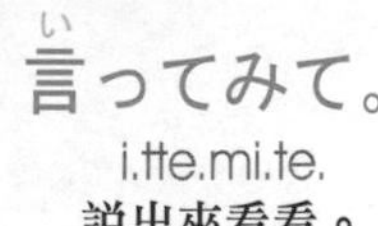

言ってみて。

i.tte.mi.te.

說出來看看。

說明

請對方說說看自己的想法。

會話

A：明日、私の誕生日なんだけど。
a.shi.ta./wa.ta.shi.no./ta.n.jo.u.bi.na.n.da.ke.do.
明天是我生日。

B：欲しいものがあるなら、言ってみて。
ho.shi.i.mo.no.ga./a.ru.na.ra./i.tte.mi.te.
有想要的生日禮物的話，就說出來聽聽吧。

相關短句

言ってごらん。
i.tte.go.ra.n.
說說看。

いいから言ってごらんよ。
i.i.ka.ra./i.tte.go.ra.n.yo.
別扭捏了，就說出來吧。

Track-108

気(き)をつけてください。

ki.o.tsu.ke.te.ku.da.sa.i.

請小心。

說明

請對方注意小心。

會話

A：天井(てんじょう)が低(ひく)いので、頭(あたま)をぶつけないように気(き)をつけてください。
te.n.jo.u.ga./hi.ku.i.no.de./a.ta.ma.o./bu.tsu.ke.na.i.yo.u.ni./ki.o.tsu.ke.te.ku.da.sa.i.
天花板很低，請小心別撞到頭。

B：はい。
ha.i.
好。

相關短句

気(き)を配(くば)ってください。
ki.o./ku.ba.tte./ku.da.sa.i.
請小心。

注意(ちゅうい)を払(はら)ってください。
chu.u.i.o./ha.ra.tte./ku.da.sa.i.
請小心。

静（しず）かにしていただけませんか？

shi.zu.ka.ni./shi.te./i.ta.da.ke.ma.se.n.ka.

可以請你安靜嗎？

說明

請對方安靜。

會話

A：夜（よる）も遅（おそ）いですから、静（しず）かにしていただけませんか。
yo.ru.mo./o.so.i.de.su.ka.ra./shi.zu.ka.ni./shi.te./i.ta.da.ke.ma.se.n.ka.
已經很晚了，可以請你安靜嗎？

B：はい。すみません。
ha.i./su.mi.ma.se.n.
好，對不起。

相關短句

静（しず）かにしてください。
shi.zu.ka.ni./shi.te.ku.da.sa.i.
請安靜。

しっ！静（しず）かに！
shi./shi.zu.ka.ni.
噓！安靜點。

顔出してね。

ka.o.da.shi.te.ne.

來露個面吧。

說明

請對方一定要參加某個活動。

會話

A：再来週の同窓会、顔出してね。
sa.ra.shu.u.no./do.u.so.u.ka.i./ka.o.da.shi.te.ne.
下下星期的同學會，你一定要來露個面。

B：もちろん、私も久しぶりに皆に会いたいから。
mo.chi.ro.n./wa.ta.shi.mo./hi.sa.shi.bu.ri.ni./mi.n.na.ni./a.i.ta.i.ka.ra.
當然，我也很久沒見到大家了，很想見個面。

相關短句

来てね。
ki.te.ne.
要來喔。

挨拶しにきてね。
a.i.sa.tsu.shi.ni.ki.te.ne.
要來打招呼喔。

買ってきて。

ka.tte.ki.te.

買回來。

說明

此句用於請對方買東西。

會話

A：ちょっと出かけてくる。
cho.tto./de.ka.ke.te.ku.ru.
我出去一下。

B：ついでにスタバに寄ってコーヒーを買ってきて。
tsu.i.de.ni./su.ta.ba.ni.yo.tte./ko.o.hi.i.o./ka.tte.ki.te.
回來的時候幫我去星巴克買杯咖啡。

相關短句

ジュースを買ってきてくれない？
ju.u.su.o./ka.tte.ki.te./ku.re.na.i.
可以幫我買果汁嗎？

パンを買ってくれない？
pa.n.o./ka.tte.ku.re.na.i.
可以幫我買麵包嗎？

とりあえず一度食べてみて。

to.ri.a.e.zu./i.chi.do./ta.be.te.mi.te.

總之試一口看看。

說明

請對方試看看、吃看看。

會話

A：うわ、見た目が怖い。これ本当に食べられる？
u.wa./mi.ta.me.ga.ko.wa.i./ko.re./ho.n.to.u.ni./ta.be.ra.re.ru.
哇，看起來好可怕，這真的可以吃嗎？

B：とりあえず一度食べてみて。美味しいよ。
to.ri.a.e.zu./i.chido./ta.be.te.mi.te./o.i.shi.i.yo.
總之你先吃一口看看，很好吃喔！

相關短句

食べてみて。
ta.be.te.mi.te.
吃吃看。

やってみて。
ya.tte.mi.te.
做做看。

Track-111

手で食べちゃだめ。

te.de.ta.be.cha.da.me.

不可以用手吃。

說明

「だめ」是禁止對方做某件事。

會話

A：いただきます。

i.ta.da.ki.ma.su.

我開動了。

B：あ、手で食べちゃだめよ。

a.te.de.ta.be.cha.da.me.yo.

啊，不可以用手吃！

相關短句

手で食べないで。

te.de./ta.be.na.i.de.

不可以用手吃。

手で食べちゃいけない。

te.de.ta.be.cha.i.ke.na.i.

不可以用手吃。

Track-111

やめて。

ya.me.te.

快停止。

說明

要求對方停止。

會話

A：嫌な冗談はやめてよ。

i.ya.na.jo.u.da.n.wa./ya.me.te.yo.

不要再開討人厭的玩笑了。

B：ごめん。

go.me.n.

對不起。

相關短句

やめてください。

ya.me.te.ku.da.sa.i.

請停止。

まだやめてない？

ma.da./ya.me.te.na.i.

還不放棄嗎？

早く。

ha.ya.ku.

快點。

說明

用於催促對方。

會話

A：どっちにしようか…。
do.cch.ni./shi.yo.u.ka.
要選哪一個呢？

B：早く決めてよ。
ha.ya.ku./ki.me.te.yo.
快點決定啦。

相關短句

早くしろ。
ha.ya.ku.shi.ro.
快一點。

急いで。
i.so.i.de.
快一點。

Track-112

言い訳しないで。

i.i.wa.ke./shi.na.i.de.

不要找藉口。

說明

要求對方不要找藉口。

會話

A：2時間も待ったんだけど。
ni.ji.ka.n.mo./ma.tta.n.da.ke.do.
我等了你兩個小時。

B：ごめん、道が込んでて…。
go.me.n./mi.chi.ga./ko.n.de.te.
對不起，因為路上塞車。

A：もういい。言い訳しないで。
mo.u.i.i./i.i.wa.ke.shi.na.i.de.
夠了，不要再找藉口了。

相關短句

弁解しないで。
be.n.ka.i.shi.na.i.de.
不要狡辯。

もう言い訳をやめて。みっともないよ。
mo.u./i.i.wa.ke.o./ya.me.te./mi.tto.mo.na.i.yo.
不要再說藉口了。真難看。

Track-113

かんちが
勘違いしないで。
ka.n.chi.ga.i.shi.na.i.de.
不要誤會。

說明

請對方不要誤會。

會話

A：あなたに会いに来たんじゃないから、勘違いしないで。
a.na.ta.ni./a.i.ni.ki.ta.n.ja.na.i.ka.ra./ka.n.chi.ga.i.shi.na.i.de.
我不是來見你的，你不要誤會。

B：わかってるよ。
wa.ka.tte.ru.yo.
我知道啦。

相關短句

ごかい
誤解しないで。
go.ka.i.shi.na.i.de.
你可別誤會喔。

かんちが
勘違いしないでください。
ka.n.chi.ga.i.shi.na.i.de.ku.da.sa.i.
你可別誤會喔。

Track-113

黙（だま）ってて。

da.ma.tte.te.

閉嘴。

說明

要求對方閉嘴。

會話

A：昼（ひる）ごはんどうする？なにか食（た）べたい？ねぇ、聞（き）いてる？

hi.ru.go.ha.n./do.u.su.ru./na.ni.ka./ta.be.ta.i./ne./ki.i.te.ru.

中午吃什麼？你想吃什麼？喂，你在聽嗎？

B：仕事（しごと）のことで頭（あたま）がいっぱいだから、お願（ねが）い、ちょっと黙（だま）ってて。

shi.go.to.no.ko.to.de./a.ta.ma.ga./i.ppa.i.da.ka.ra./o.ne.ga.i./cho.tto./da.ma.tte.te.

我現在滿腦子都在想工作的事，拜託你閉嘴一下。

相關短句

口出（くちだ）すな。

ku.chi.da.su.na.

不要插嘴。

文句言（もんくい）うな。

mo.n.gu.i.u.na.

不要抱怨。

Track-114

分かったふりをしないで。

wa.ka.tta.fu.ri.o./shi.na.i.de.

不要裝懂。

要求對方不要裝懂。

會話

A：あ、それは…。
a.so.re.ha.
啊，那個就是…。

B：分かったふりをしないでちゃんと聞いて。
wa.ka.tta.fu.ri.o./shi.na.i.de./cha.n.to.ki.i.te.
不要裝懂，專心聽。

相關短句

知ったかぶりしないで。
shi.tta.ka.bu.ri./shi.na.i.de.
不要裝懂。

知らないふりをしないでください。
shi.ra.na.i.fu.ri.o./shi.na.i.de./ku.da.sa.i.
不要裝不知道。

忘（わす）れないで。

wa.su.re.na.i.de.

別忘了。

說明

要求對方不要忘記。

會話

A：帰（かえ）るときジュースを買（か）ってくるのを忘（わす）れないで。

ka.e.ru.to.ki./ju.u.su.o./ka.tte.ku.ru.no.o./wa.su.re.na.i.de.

回來的時候不要忘了買果汁。

B：わかった。

wa.ka.tta.

我知道了。

相關短句

ちゃんと覚（おぼ）えといて。

cha.n.to./o.bo.e.to.i.te.

好好記牢。

忘（わす）れないでください。

wa.su.re.na.i.de.ku.da.sa.i.

請不要忘記。

落ち着いて。

o.chi.tsu.i.te.

冷靜下來。

說明

請對方冷靜下來。

會話

A：火事だ！火事だ！
ka.ji.da./ka.ji.da.
有火災！！

B：落ち着いて。今すぐここから避難して。
o.chi.tsu.i.te./i.ma.su.gu./ko.ko.ka.ra./hi.na.n.shi.te.
冷靜下來，現在從這裡逃出去避難。

相關短句

慌てないで。
a.wa.te.na.i.de.
不要慌。

焦らないで。
a.se.ra.na.i.de.
不要慌。

慌（あわ）てるなよ。

a.wa.te.ru.na.yo.

不要慌張。

說明

請對方不要慌張。

會話

A：地震（じしん）だ！

ji.shi.n.da.

有地震。

B：慌（あわ）てるなよ。

a.wa.te.ru.na.yo.

不要慌張。

相關短句

落（お）ち着（つ）いて。

o.chi.tsu.i.te.

冷靜下來。

バタバタするな。

ba.ta.ba.ta.su.ru.na.

不要慌亂。

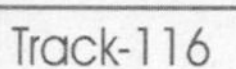

邪魔(じゃま)しないで。

ja.ma.shi.na.i.de.

不要礙事。

說明

請對方不要礙事。

會話

A：ね、遊(あそ)ぼうよ。
ne./a.so.bo.u.yo.
喂，我們來玩嘛。

B：仕事(しごと)が忙(いそが)しいから、邪魔(じゃま)しないで。
shi.go.to.ga./i.so.ga.shi.i.ka.ra./ja.ma.shi.na.i.de.
我工作很忙，別礙事。

相關短句

私(わたし)の邪魔(じゃま)をしないでくれ。
wa.ta.shi.no./ja.ma.o./shi.na.i.de.ku.re.
不要礙著我做事。

私(わたし)の仕事(しごと)を邪魔(じゃま)しないでくれ。
wa.ta.shi.no./shi.go.to.o./ja.ma.shi.na.i.de.ku.re.
不要妨礙我工作。

もう少し我慢して。

mo.u.su.ko.shi.ga.ma.n.shi.te.

再忍一下。

說明

要求對方再忍耐一下。

會話

A：もう帰りたいの。
mo.u.ka.e.ri.ta.i.no.
我想回去了。

B：すぐ終わるから、もう少し我慢して。
su.gu.o.wa.ru.ka.ra./mo.u.su.ko.shi.ga.ma.n.shi.te.
快結束了，再忍一下。

相關短句

もう少しの辛抱。
mo.u.su.ko.shi.no./shi.n.bo.u.
再忍一下。

歯を食いしばって。
ha.o.ku.i.shi.ba.tte.
忍耐！

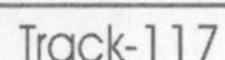

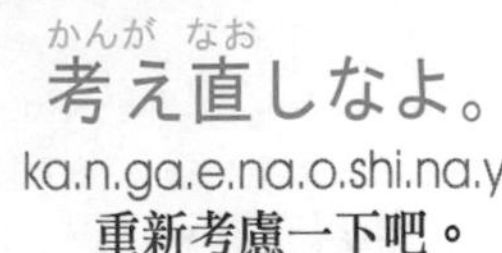

考え直しなよ。

ka.n.ga.e.na.o.shi.na.yo.

重新考慮一下吧。

說明

請對方重新考慮。

會話

A：パソコンを新しく買い替えたいんだけど。
pa.so.ko.n.o./a.ta.ra.shi.ku./ka.i.ka.e.ta.i.n.da.ke.do.
我想要換新電腦了。

B：今のでもう十分じゃない？考え直しなよ。
i.ma.no.de.mo.u./ju.u.bu.n./ja.na.i./ka.n.ga.e.na.o.shi.na.yo.
現在這個很夠用了吧？再考慮一下吧。

相關短句

やり直して。
ya.ri.na.o.shi.te.
再做一次。

もう一度考えて。
mo.u.i.chi.do./ka.n.ga.e.te.
再考慮一次。

Track-117

遠慮(えんりょ)しないで。

e.n.ryo.u.shi.na.i.de.

不用客氣。

說明

因為日本民族性中，為了盡量避免造成別人的困擾，總是經常拒絕或是有所保留。若遇到這種情形，想請對方不用客氣，就可以使用這句話。

會話

A：遠慮しないで、たくさん召し上がってくださいね。
e.n.ryo.u.shi.na.i.de./ta.ku.sa.n.me.shi.a.ga.tte./ku.da.sa.i.ne.
不用客氣，請多吃點。

B：では、お言葉に甘えて。
de.wa./o.ko.to.ba.ni.a.ma.e.te.
那麼，我就恭敬不如從命。

相關短句

ご遠慮(えんりょ)なく。
go.e.n.ryo.na.ku.
請別客氣。

遠慮(えんりょ)なくちょうだいします。
e.n.ryo.na.ku./cho.u.da.i.shi.ma.su.
那我就不客氣了。

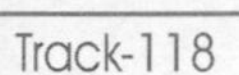

どいて。

do.i.te.

讓開！

說明

生氣的時候，對於擋住自己去路的人，會用這句話來表示。若是一般想向人說「借過」的時候，要記得說「すみません」，會比較禮貌喔！

會話

A：ちょっとどいて。
cho.tto.do.i.te.
借過一下！

B：あ、ごめん。
a./go.me.n.
啊，對不起。

相關短句

どけ！
do.ke.
讓開！

どいてくれ！
do.i.te.ku.re.
給我滾到一邊去。

どいてください。
do.i.te.ku.da.sa.i.
請讓開。

理屈(りくつ)を言(い)うな。

ri.ku.tsu.o./i.u.na.

少強詞奪理。

說明

這個句子是「理由」的意思，也含有理由很牽強的意思。要對方不要再用理由推託、矇混時，可以用這個句子。

會話

A：だって勉強嫌(べんきょうきら)いだもん。
da.tte./be.n.kyo.u.ki.ra.i.da.mo.n.
總之我就是討厭念書嘛！

B：理屈(りくつ)を言(い)うな。
ri.ku.tsu.o./i.u.na.
少強詞奪理。

相關短句

理屈(りくつ)ばかり言(い)って。
ri.ku.tsu.ba.ka.ri.i.tte.
不要一直找藉口。

そんな理屈(りくつ)はない！
so.n.na./ri.ku.tsu.ha.na.i.
沒這回事！

Track-119

せかすなよ。

se.ka.su.na.yo.

別催我啦！

說明

「せかす」是催促的意思，「せかすな」則是要求對方不要再催了，已經覺得很煩了的意思。

會話

A：急いで。間に合わなかったらまずいよ。
i.so.i.de./ma.ni.a.wa.na.ka.tta.ra./ma.zu.i.yo.
快一點，沒趕上就慘了。

B：せかすなよ。
se.ka.su.na.yo.
別催我啦！

相關短句

せかさないで。
se.ka.sa.na.i.de.
別催。

せかさないでくれよ。
se.ka.sa.na.i.de.ku.re.yo.
不要催我啦。

Track-119

任せて。

ma.ka.se.te.

交給我。

說明

被交付任務，或者是請對方安心把事情給自己的時候，可以用這句話來表示自己很有信心可以把事情做好。

會話

A：仕事をお願いしてもいいですか？
shi.go.to.o./o.ne.ga.i.shi.te.mo./i.i.de.su.ka.
可以請你幫我做點工作嗎？

B：任せてください。
ma.ka.se.te./ku.da.sa.i.
交給我吧。

相關短句

いいよ、任せて！
i.i.yo./ma.ka.se.te.
好啊，交給我。

運を天に任せて。
u.n.o./te.n.ni.ma.ka.se.te.
交給上天決定吧！

Track-120

時間(じかん)ですよ。

ji.ka.n.de.su.yo.

時間到了。

說明

這句話是「已經到了約定的時間了」的意思。有提醒自己和提醒對方的意思，表示是時候該做某件事了。

會話

A：もう時間(じかん)ですよ。行(い)こうか。
mo.u.ji.ka.n.de.su.yo./i.ko.u.ka.
時間到了，走吧！

B：ちょっと待(ま)って。
cho.tto.ma.tte.
等一下。

相關短句

もう寝(ね)る時間(じかん)ですよ。
mo.u./ne.ru.ji.ka.n.de.su.yo.
睡覺時間到了。

もう帰(かえ)る時間(じかん)ですよ。
mo.u./ka.e.ru.ji.ka.n.de.su.yo.
回家時間到了。

Track-120

ご案内しましょうか？

go.a.n.na.i./shi.ma.sho.u.ka..

讓我為你介紹吧！

說明

在日本旅遊時，常常可以看到「案内所」這個字，就是「詢問處」、「介紹處」的意思。要為對方介紹，或是請對方介紹的時候，就可以用「案内」這個句子。

會話

A：よろしかったら、ご案内しましょうか？
yo.ro.shi.ka.tta.ra./go.a.n.na.i./shi.ma.sho.u.ka.
可以的話，讓我為你介紹吧！

B：いいですか？じゃ、お願いします。
i.i.de.su.ka./ja./o.ne.ga.i.shi.ma.su.
這樣好嗎？那就麻煩你了。

相關短句

道をご案内します。
mi.chi.o./go.a.n.na.i.shi.ma.su.
告知路怎麼走。

案内してくれませんか？
a.n.na.i.shi.te./ku.re.ma.se.n.ka.
可以幫我介紹嗎？

 Track-121

危ない！

ba.bu.na.i.

危險！／小心！

說明

遇到危險的狀態的時候，用這個句子可以提醒對方注意。另外過去式的「危なかった」也有「好險」的意思，用在千鈞一髮的狀況。

會話

A：危ないよ、近寄らないで。
a.bu.na.i.yo./chi.ka.yo.ra.na.i.de.
很危險，不要靠近。

B：分かった。
wa.ka.tta.
我知道了。

相關短句

道路で遊んでは危ないよ。
do.ro.u.de./a.so.n.de.wa./a.bu.na.i.yo.
在路上玩很危險。

危ないところを助けられた。
a.bu.na.i.to.ko.ro.o./ta.su.ke.ra.re.ta.
在千鈞一髮之際得救了。

Track-121

自分(じぶん)でしなさいよ。

ji.bu.n.de.shi.na.sa.i.yo.

你自己做啦。

說明

要命令別人做什麼事情的時候，用這個句子表示自己強硬的態度。通常用在熟人間，或長輩警告晚輩時。

會話

A：洗濯(せんたく)ぐらいは自分(じぶん)でしなさいよ。
se.n.ta.ku.gu.ra.i.wa./ji.bu.n.de.shi.na.sa.i.yo.
洗衣服這種小事麻煩你自己做。

B：はいはい、分(わ)かった。
ha.i.ha.i./wa.ka.tta.
好啦好啦，我知道了。

相關短句

早(はや)くしなさい。
ha.ya.ku.shi.na.sa.i.
請快點。

ちゃんとしなさい。
cha.n.to.shi.na.sa.i.
請好好做。

Track-122

<ruby>考<rt>かんが</rt></ruby>えすぎないほうがいいよ。

ka.n.ga.e.su.gi.na.i./ho.u.ga.i.i.yo.

別想太多比較好。

說明

「～ほうがいい」帶有勸告的意思，就像中文裡的「最好～」。要提出自己的意見提醒對方的時候，可以用這個句子。

會話

A：あまり考(かんが)えすぎないほうがいいよ。
a.ma.ri./ka.n.ga.e.su.gi.na.i./ho.u.ga.i.i.yo.
不要想太多比較好。

B：うん、なんとかなるからね。
u.n./na.n.to.ka.na.ru.ka.ra.ne.
嗯，船到橋頭自然直嘛。

相關短句

行(い)かないほうがいいよ。
i.ka.na.i./ho.u.ga.i.i.yo.
最好別去。

言(い)ったほうがいいよ。
i.tta./ho.u.ga.i.i.yo.
最好說出來。

Track-122

やってみない？

ya.tte.mi.na.i.

要不要試試？

說明

建議對方要不要試試某件事情的時候，可以用這個句子來詢問對方的意願。

會話

A：大(おお)きい仕事(しごと)の依頼(いらい)が来(き)たんだ。やってみない？

o.o.ki.i.shi.go.to.no.i.ra.i.ga./ki.ta.n.da./ya.tte.mi.na.i.

有件重要的工作，你要不要試試？

B：はい、是非(ぜひ)やらせてください。

ha.i./ze.hi.ya.ra.se.te./ku.da.sa.i.

好的，請務必交給我。

相關短句

食(た)べてみない？

ta.be.te.mi.na.i.

要不要吃吃看？

してみない？

shi.te.mi.na.i.

要不要做做看？

Track-123

割り勘にしよう。

wa.ri.ka.n.ni.shi.yo.u.

各付各的。

說明

各付各的，不想讓對方請客時，可以這個關鍵詞來表示。

會話

A：今回は割り勘にしよう。
ko.n.ka.i.wa./wa.ri.ka.n.ni.shi.yo.u.
今天就各付各的吧！

B：うん、いいよ。
u.n./i.i.yo.
好啊。

相關短句

今日は割り勘で飲もう。
kyo.u.wa./wa.ri.ka.n.de.no.mo.u.
今天喝酒就各付各的吧。

四人で割り勘にした。
yo.n.ni.n.de./wa.ri.ka.n.ni.shi.ta.
四個人平分付了帳。

Chapter. 09

安慰、激勵

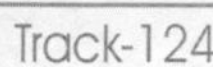

頑張れ。

ga.n.ba.re.

加油。

說明

為對方加油，請對方努力。

會話

A：いくら練習しても成績が上がりません。
i.ku.ra.re.n.shu.u.shi.te.mo./se.i.se.ki.ga./a.ga.ri.ma.se.n.
不管怎麼練習，成績都不好。

B：絶対いつかは成果が出るよ。頑張れ。
ze.tta.i./i.tsu.ka.wa./se.i.ka.ga.de.ru.yo./ga.n.ba.re.
總有一天會有成果的，加油。

相關短句

頑張ってください。
ga.n.ba.tte.ku.da.sa.i.
加油。

ベストを尽くしてね。
be.su.to.o./tsu.ku.shi.te.ne.
盡你最大的力量。

Track-124

忘れなよ。

wa.su.re.na.yo.

忘了它吧。

說明

安慰對方，請對方早點忘記不愉快的事。

會話

A：試験に落ちてからご飯食べる気もない。
shi.ke.n.ni./o.chi.te.ka.ra./go.ha.n.ta.be.ru.ki.mo.na.i.
自從落榜之後就吃不下。

B：時間が解決してくれるよ。忘れなよ。
ji.ka.n.ga./ka.i.ke.tsu.shi.te./ku.re.ru.yo./wa.su.re.na.yo.
時間會解決一切的，忘了它吧。

相關短句

早く忘れてください。
ha.ya.ku./wa.su.re.te./ku.da.sa.i.
早點忘了吧。

失敗を引きずらないで。
shi.ppa.i.o./hi.ki.zu.ra.na.i.de.
不要再去想失敗的事了。

Track-125

気(き)にしない。

ki.ni.shi.na.i.

別在意。

說明

「気(き)にする」是在意的意思，「気(き)にしない」是其否定形，也就是不在意的意思，用來叫別人不要在意，別把事情掛在心上。另外也用來告訴對方，自己並不在意，請對方不用感到不好意思。

會話

A：また失敗しちゃった。
ma.ta./shi.ppa.i.shi.cha.tta.
又失敗了！

B：気にしない、気にしない。
ki.ni.shi.na.i./ki.ni.shi.na.i.
別在意，別在意。

相關短句

わたしは気(き)にしない。
wa.ta.shi.wa./ki.ni.shi.na.i.
我不在意。／沒關係。

気(き)にするな。
ki.ni.su.ru.na.
別在意。

Track-125

今度(こんど)はうまくいくよ。

ko.n.do.wa./u.ma.ku.i.ku.yo.

下次會順利的。

說明

用於安慰，表示下次一定會更好。

會話

A：負(ま)けたらどうしよう。
ma.ke.ta.ra.do.u.shi.yo.u.
輸了怎麼辦。

B：心配(しんぱい)しないで、今度(こんど)はうまくいくよ。
shi.n.pa.i.shi.na.i.de./ko.n.do.wa./u.ma.ku.i.ku.yo.
別擔心，下次會順利的。

相關短句

うまくいくといいね。
u.ma.ku.i.ku.to./i.i.ne.
如果順利就好了。

きっと大丈夫(だいじょうぶ)だよ。
ki.tto./da.i.jo.u.bu.da.yo.
一定沒問題的。

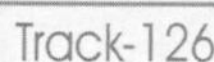

心配しないで。

shi.n.pa.i.shi.na.i.de.

別擔心。

說明

安慰對方，請對方不要擔心。

會話

A：来週の試験は大丈夫？
ra.i.shu.u.no./shi.ke.n.wa./da.i.jo.u.bu.
下星期的考試你沒問題吧？

B：ちゃんと勉強してるから、心配しないで。
cha.n.to.be.n.kyo.u.shi.te.ru.ka.ra./shi.n.pa.i.shi.na.i.de.
我很認真在念書，你不用擔心。

相關短句

心配しないで。もう大分よくなりました。
shi.n.pa.i.shi.na.i.de./mo.u.da.i.bu./yo.ku.na.ri.ma.shi.ta.
別擔心，已經好多了。

今日は雨の心配はありません。
kyo.u.wa./a.me.no.shi.n.pa.i.wa./a.ri.ma.se.n.
今天不用擔心會下雨。

Track-126

無理しないでください。

mu.ri.shi.na.i.de.ku.da.sa.i.

別勉強自己。

說明

請對方不要勉強。

會話

A：顔色が良くないですね。
ka.o.i.ro.ga./yo.ku.na.i.de.su.ne.
你的氣色不太好。

B：最近仕事が大変で疲れてるんです。
sa.i.ki.n.shi.go.to.ga./ta.i.he.n.de./tsu.ka.re.te.ru.n.de.su.
最近工作很忙所以很累。

A：忙しそうですが無理しないでくださいね。
i.so.ga.shi.so.u.de.su.ga./mu.ri.shi.na.i.de./ku.da.sa.i.ne.
雖然很忙，但也不要太勉強自己。

相關短句

強がらなくていいんですよ。
tsu.yo.ga.ra.na.ku.te./i.i.n.de.su.yo.
不要逞強。

 Track-127

すぐに慣れる。

su.gu.ni.na.re.ru.

很快就會習慣了。

說明

表示馬上會習慣。

會話

A：新しいシステムって、難しいな。
a.ta.ra.shi.i./shi.su.te.mu.tte./mu.zu.ka.shi.i.na.
新系統好難喔。

B：すぐに慣れるから、心配しないで。
su.gu.ni.na.re.ru.ka.ra./shi.n.pa.i.shi.na.i.de.
很快就會習慣了，別擔心。

相關短句

そのうち慣れるから。
so.no.u.chi.na.re.ru.ka.ra.
慢慢就會習慣了。

大丈夫、そのうち慣れるから。
da.i.jo.u.bu./so.no.u.chi.na.re.ru.ka.ra.
沒關係，慢慢就會習慣了。

Track-127

やる気さえあれば大丈夫。

ya.ru.ki.sa.e.a.re.ba./da.i.jo.u.bu.

只要有心就沒問題。

說明

安慰對方，只要努力就會成功。

會話

A：初心者だし、練習も足りなかったけど…。

sho.shi.n.sha.da.shi./re.n.shu.u.mo./ta.ri.na.ka.tta.ke.do.

我是初學者，又練習不足。

B：平気だよ、やる気さえあれば大丈夫。

he.i.ki.da.yo./ya.ru.ki.sa.e.a.re.ba./da.i.jo.u.bu.

沒關係，只要你有心就沒問題。

相關短句

気合があれば何でもできる。

ki.a.i.ga./a.re.ba./na.n.de.mo./de.ki.ru.

只要肯用心就做得到。

根性さえあればチャンピオンになれる。

ko.n.jo.u.sa.e.a.re.ba./cha.n.pi.o.n.ni./na.re.ru.

只有要毅力就能得到冠軍。

Track-128

努力した甲斐があったね。

do.ryo.ku.shi.ta./ka.i.ga./a.tta.ne.

努力有了代價。

說明

表示鼓勵、恭賀對方努力有了成果。

會話

A：どうにか合格した。
do.u.ni.ka./go.u.ka.ku.shi.ta.
終算合格了。

B：おめでとう、努力した甲斐があったね。
o.me.de.to.u./do.ryo.ku.shi.ta./ka.i.ga.a.tta.ne.
恭喜，你努力終於有了代價。

相關短句

やり甲斐のある仕事。
ya.ri.ka.i.no./a.ru.shi.go.to.
值得努力的工作。

思い切ってやってみてよかった。
o.mo.i.ki.tte./ya.tte.mi.te./yo.ka.tta.
還好有放手去做。

Track-128

びびるな。

bi.bi.ru.na.

不要害怕。

說明

「びびる」是害怕得發抖的意思，加上一個「な」則是禁止的意思，也就是告訴對方沒什麼好害怕的。

會話

A：どうしよう。もうすぐ本番(ほんばん)だよ。

do.u.shi.yo.u./mo.u.su.gu./ho.n.ba.n.da.yo.

怎麼辦，馬上就要上式上場了。

B：びびるなよ。自信(じしん)を持(も)って！

bi.bi.ru.na.yo./ji.shi.n.o.mo.tte.

別害怕，要有自信。

相關短句

勇気(ゆうき)を出(だ)して。

yu.u.ki.o.da.shi.te.

拿出勇氣來。

頑張(がんば)れ！

ga.n.ba.re.

加油。

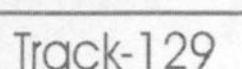

元気(げんき)を出(だ)してください。

ge.n.ki.o./da.shi.te./ku.da.sa.i.

打起精神來。

說明

「出(だ)して」是交出作業、物品的意思，但也可以用在無形的東西，像是勇氣、信心、聲音……等。

會話

A：ガイド試験(しけん)を受(う)けましたが、落(お)ちました。

ga.i.do.shi.ke.n.o./u.ke.ma.shi.ta.ga./o.chi.ma.shi.ta.

我去參加導遊考試，但沒有合格。

B：元気(げんき)を出(だ)してください。

ge.n.ki.o./da.shi.te./ku.da.sa.i.

打起精神來。

相關短句

勇気(ゆうき)を出(だ)して。

yu.u.ki.o./da.shi.te.

拿出勇氣來。

声(こえ)を出(だ)して。

ko.e.o./da.shi.te.

請大聲一點。

Track-129

頑張って。

ga.n.ba.tte.

加油。

說明

為對方加油打氣，請對方加油的時候，可以用這句話來表示自己支持的心意。

會話

A：今日から仕事を頑張ります。
kyo.u.ka.ra./shi.go.to.o./ga.n.ba.ri.ma.su.
今天工作上也要加油！

B：うん、頑張って！
u.n./ga.n.ba.tte.
嗯，加油！

相關短句

頑張ってください。
ga.n.ba.tte./ku.da.sa.i.
請加油。

頑張ってくれ！
ga.n.ba.tte.ku.re.
給我加油點！

 Track-130

なんとかなる。

na.n.to.ka.na.ru.

船到橋到自然直。

說明

「なんとか」原本的意思是「某些」「之類的」之意，在會話中使用時，是表示事情「總會有些什麼」、「總會有結果」的意思。

會話

A：明日(あした)はテストだ。勉強(べんきょう)しなくちゃ。
a.shi.ta.wa.te.su.to.da./be.n.kyo.u.shi.na.ku.cha.
明天就是考試了，不用功不行。

B：なんとかなるから、大丈夫(だいじょうぶ)。
na.n.to.ka.na.ru.ka.ra./da.i.jo.u.bu.
船到橋到自然直，自然有辦法的，沒關係。

相關短句

なんとかしなければならない。
na.n.to.ka./shi.na.ke.re.ba./na.ra.na.i.
不做些什麼不行。

なんとか間(ま)に合(あ)います。
na.n.to.ka./ma.ni.a.i.ma.su.
總算來得及。

Track-130

応援(おうえん)するよ。

o.u.e.n.su.ru.yo.

我支持你。

說明

在幫對方加油，表示自己會支持對方時使用。

會話

A：ずっと応援(おうえん)するよ。頑張(がんば)って！
zu.tto./o.u.e.n.su.ru.yo./ga.n.ba.tte.
我支持你，加油！

B：うん、頑張(がんば)るぞ。
u.n./ga.n.ba.ru.zo.
嗯，我會加油的。

相關短句

応援(おうえん)してください。
o.u.e.n.shi.te./ku.da.sa.i.
請幫我加油。

応援(おうえん)します。
o.u.e.n.shi.ma.su.
我支持你。

日文輕鬆上口！
每日應用一句，

Chapter. 10

情緒——喜樂

Track-131

満足(まんぞく)だった。

ma.n.zo.ku.da.tta.

很滿足。

說明

表示心滿意足。

會話

A：昨日(きのう)のレストランはどうだった？

ki.no.u.no./re.su.to.ra.n.wa./do.u.da.tta.

昨天那家餐廳怎麼樣？

B：値段(ねだん)もサービスも良(よ)かった。とっても満足(まんぞく)だった。

ne.da.n.mo./sa.a.bi.su.mo./yo.ka.tta./to.tte.mo./ma.n.zo.ku.da.tta.

價格和服務都很好，我很滿意。

相關短句

至福(しふく)の時(とき)です。

shi.fu.ku.no./to.ki.de.su.

最幸福的時刻。

これで思(おも)い残(のこ)すことはない。

ko.re.de./o.mo.i.no.ko.su.ko.to.wa./na.i.

這麼一來就沒有遺憾了。

楽(たの)しみだね。

ta.no.shi.mi.da.ne.

很期待。

說明

表示期待。

會話

A：あの俳優(はいゆう)の新作(しんさく)が決(き)まったって。
a.no.ha.i.yu.u.no./shi.n.sa.ku.ga./ki.ma.tta.tte.
那個演員已經決定下一部作品了。

B：本当(ほんとう)？楽(たの)しみだね！
ho.n.to.u./ta.no.shi.mi.da.ne.
真的嗎？我很期待。

相關短句

楽(たの)しみにしています。
ta.no.shi.mi.ni.shi.te.i.ma.su.
我很期待。

今(いま)から楽(たの)しみにしています。
i.ma.ka.ra./ta.no.shi.mi.ni./shi.te.i.ma.su.
從現在就開始期待。

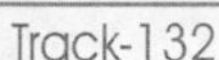

ちょうどよかった。

cho.u.do.yo.ka.tta.

剛好。

表示巧合、正好。

會話

A：今(いま)、田中(たなか)くんに電話(でんわ)しようと思(おも)っていたところで、ちょうどよかった。
i.ma./ta.na.ka.ku.n.ni./de.n.wa.shi.yo.u.to./o.mo.tte.i.ta.to.ko.ro.de./cho.u.do.yo.ka.tta.
我現在正想打電話給你，剛好你就打來了。

B：そうだよ、待(ま)ちくたびれたからこっちから電話(でんわ)したんだ。
so.u.da.yo./ma.chi.ku.ta.bi.re.ta.ka.ra./ko.cchi.ka.ra.de.n.wa.shi.ta.n.da.
對啊，我等好久於是就自己打過來。

相關短句

偶然(ぐうぜん)だね。
gu.u.ze.n.da.ne.
真巧。

以心伝心(いしんでんしん)だ。
i.shi.n.de.n.shi.n.da.
真是心電感應。

Track-132

夢(ゆめ)みたい。

yu.me.mi.ta.i.

像做夢一樣。

說明

用於作夢也沒想到、十分愉快的事情。

會話

A：優勝(ゆうしょう)おめでとう。
yu.u.cho.u./o.mc.de.to.u.
恭喜你得到勝利。

B：ありがとう。本当(ほんとう)に夢(ゆめ)みたい。
a.ri.ga.to.u./ho.n.to.u.ni./yu.u.me.mi.ta.i.
謝謝，真的像夢一樣。

相關短句

想像(そうぞう)もつかなかった。
so.u.zo.u.mo./tsu.ka.na.ka.tta.
想像不到。

考(かんが)えもしなかった。
ka.n.ga.e.mo./shi.na.ka.tta.
從來沒想過。

Track-133

ついてるよ。

tsu.i.te.ru.yo.

運氣好。

說明

表示運氣很好。

會話

A：今日（きょう）はやることなすことうまくいく。ついてるよ。
kyo.u.wa./ya.ru.ko.to.na.su.ko.to.u.ma.ku.i.ku./tsu.i.te.i.ru.yo.
今天做什麼事都很順利，運氣很好。

B：宝（たから）くじでも買（か）ったらどう？
ta.ka.ra.ku.ji.de.mo./ka.tta.ra.do.u.
那要不要買張樂透？

相關短句

ラッキー。
ra.kki.i.
真幸運。

運（うん）がいい。
u.n.ga.i.i.
運氣很好。

Track-133

気が楽になった。

ki.ga.ra.ku.ni.na.tta.

輕鬆多了。

說明

表示鬆了一口氣，放下心中大石頭。

會話

A：試験に落ちたって聞いたけど、大丈夫？
shi.ke.n.ni./o.chi.ta.tte./ki.i.ta.ke.do./da.i.jo.u.bu.
我聽說你落榜了，還好吧？

B：最初はつらかったけど、先生に相談してから、少し気が楽になったんだ。
sa.i.sho.wa./tsu.ra.ka.tta.ke.do./se.n.se.i.ni.so.u.da.n.shi.te.ka.ra./su.ko.shi./ki.ga.ra.ku.ni.na.ttan.da.
一開始很痛苦，但和老師談過之後，就輕鬆多了。

相關短句

ホッとした。
ho.tto.shi.ta.
鬆了一口氣。

すっきりした。
su.kki.ri.shi.ta.
舒坦多了。

Track-134

そう言ってくれるとうれしい。

so.u.i.tte.ku.re.ru.to./u.re.shi.i.

很高興聽你這麼說。

說明

表示對方說的話，讓自己感到欣慰。

會話

A：手伝ってあげようか。

te.tsu.da.tte.a.ge.yo.u.ka.

讓我來幫你吧。

B：そう言ってくれるとうれしいよ。気持ちだけ受け取っておくね。

so.u.i.tte.ku.re.ru.to./u.re.shi.i.yo./ki.mo.chi.da.ke./u.ke.to.tte.o.ku.ne.

你這麼說我很高興，你的好意我心領了。

相關短句

嬉しい事言ってくれたね。

u.re.shi.i./ko.to.i.tte.ku.re.ta.ne.

很高興聽你這麼說。

そう言ってもらえると嬉しいよ。

so.u.i.tte./mo.ra.e.ru.to./u.re.si.i.yo.

很高興聽你這麼說。

Track-134

よかった。

yo.ka.tta.

還好。／好險。

說明

原本預想事情會有不好的結果，或是差點就鑄下大錯，但還好事情是好的結果，就可以用這個句子來表示自己鬆了一口氣，剛才真是好險的意思。

會話

A：教室に財布を落としたんですが。
kyo.u.shi.tsu.ni./sa.i.fu.o./o.to.shi.ta.n.de.su.ga.
我的皮夾掉在教室裡了。

B：この赤い財布ですか。
ko.no.a.ka.i.sa.i.fu.de.su.ka.
是這個紅色的皮包嗎？

A：はい、これです。よかった。
ha.i./ko.re.de.su./yo.ka.tta.
對，就是這個。真是太好了。

相關短句

間に合ってよかったね。
ma.ni.a.tte.yo.ka.tta.ne.
還好來得及。

日本に来てよかった。
ni.ho.n.ni.ki.te.yo.ka.tta.
還好有來日本。

日文輕鬆上口！
每日應用一句，

Chapter. 11
情緒——哀、怒

Track-135

忘れてしまいました！

wa.su.re.te./shi.ma.i.ma.shi.ta.

我忘記了。

表示忘記某件不該忘的事。

會話

A：鍵を家に忘れてしまいました！
ka.gi.o./i.e.ni./wa.su.re.te./shi.ma.i.ma.shi.ta.
我把鑰匙忘在家裡了。

B：じゃあ、家族に電話してみましょうか？
ja.a./ka.zo.ku.ni./de.n.wa.shi.te.mi.ma.sho.u.ka.
那打個電話給家人吧。

相關短句

忘れちゃった。
wa.su.re.cha.tta.
忘記了。

ど忘れ。
do.wa.su.re.
一時想不起來。

Track-135

どうしよう？

do.u.shi.yo.u.

怎麼辦？

說明

表示不知如何是好。

會話

A：試験に落ちちゃった。どうしよう？
shi.ke.n.ni./o.chi.cha.tta./do.u.shi.yo.u.
我落榜了，怎麼辦？

B：だから言ったじゃない。もっと勉強しろって。
da.ka.ra./i.tta.ja.na.i./mo.tto.be.n.kyo.u.shi.ro.tte.
我不是說過了嗎？叫你要再努力一點。

相關短句

どうしたらよいものか？
do.u.shi.ta.ra./yo.i.mo.no.ka.
該怎麼辦才好？

これからどうする？
ko.re.ka.ra.do.u.su.ru.
今後該怎麼辦？／接下來怎麼辦？

 Track-136

わかったってば。

wa.ka.tta.tte.ba.

我知道了啦！

用於受不了對方一再提醒，說明自己已經記得了，不必再說。

會話

A：帰りに醤油を買うのを忘れないで。わかってる？
ka.e.ri.ni./sho.u.yu.o./ka.u.no.o./wa.su.re.na.i.de./wa.ka.tte.ru.
回來的時候別忘了買醬油，知道了嗎？

B：わかったってば。そんなに忘れそう？
wa.ka.tta.tte.ba./so.n.na.ni./wa.su.re.so.u.
我知道了啦，我看起來這麼健忘嗎？

相關短句

わかってるよ。
wa.ka.tte.ru.yo.
我知道啊。

言わなくてもわかる。
i.wa.na.ku.te.mo./wa.ka.ru.
不必說我也知道。

かわいそうに

ka.wa.i.so.u.ni.

真可憐。

說明

表示憐憫。

會話

A：あ、小鳥(ことり)が巣(す)から落(お)ちた。

a./ko.to.ri.ga./su.ka.ra./o.chi.ta.

啊，幼鳥從巢上掉下來了。

B：あら、生(い)きてるの？かわいそうに。

a.ra./i.ki.te.ru.no./ka.wa.i.so.u.ni.

唉呀，還活著嗎？真可憐。

相關短句

お気(き)の毒(どく)です。

o.ki.no.do.ku.de.su.

真是同情你。

不憫(ふびん)でならない。

fu.bi.n.de.na.ra.na.i.

實在覺得（對方）很可憐。

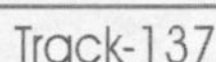

嫌(いや)になったよ。

i.ya.ni.na.tta.yo.

厭煩了。

表示已經厭煩了。

會話

A：どうしてそんなに元気(げんき)ないの？
do.u.shi.te./so.n.na.ni./ge.n.ki.na.i.no.
怎麼這麼沒精神？

B：明日(あした)また仕事(しごと)だ。もう嫌(いや)になったよ。
a.shi.ta.ma.ta./shi.go.to.da./mo.u.i.ya.ni./na.tta.yo.
明天又要上班，我覺得好煩。

相關短句

もう嫌(いや)だ。
mo.u./i.ya.da.
真是夠了。

もう飽(あ)き飽(あ)きだ。
mo.u./a.ki.a.ki.da.
已經厭煩了。

残念だね。

za.n.ne.n.da.ne.

真可惜。

說明

表示遺憾。

會話

A：あの選手、実力あるのに、引退するって。

a.no.se.n.shu./ji.tsu.ryo.ku.a.ru.no.ni./i.n.ta.i.su.ru.tte.

那位運動員很有實力，卻要退休了。

B：彼のプレイもう見られないなんて残念だ。

ka.re.no.pu.re.i.mo.u./mi.ra.re.na.i.na.n.te./za.n.ne.n.da.

不能再看到他的球技實在很可惜。

相關短句

惜しい。

o.shi.i.

可惜。／差一點。

完成を見とどけられないのが心残りだ。

ka.n.se.i.o./mi.to.do.ke.ra.re.na.i.no.ga./ko.ko.ro.no.ko.ri.da.

無法看到最後完成的階段，實在很可惜。

Track-138

ほっといて。

ho.tto.i.te.

別管我。

說明

想要安靜，要對方別管自己。

會話

A：何(なに)かあったの？
na.ni.ka./a.tta.no.
發生什麼事了？

B：うるさい。ほっといて。
u.ru.sa.i./ho.tto.i.te.
吵死了，別管我。

相關短句

お願(ねが)いだからほっといて。
o.ne.ga.i.da.ka.ra./ho.tto.i.te.
拜託讓我獨自安靜一下。

静(しず)かに見守(みまも)ってほしい。
shi.zu.ka.ni./mi.ma.mo.tte./ho.shi.i.
希望你能靜靜的在旁關心就好。

Track-138

興味(きょうみ)ない。

kyo.u.mi.na.i.

沒興趣。

說明

表示沒有興趣。

會話

A：田中(たなか)くんとあけみちゃんが結婚(けっこん)するんだって。
ta.na.ka.ku.n.to./a.ke.mi.cha.n.ga./ke.kko.n.su.ru.n.da.tte.
聽說田中和明美要結婚了。

B：そう？興味(きょうみ)ないね。
so.u./kyo.u.mi.na.i.ne.
是嗎？但我對這件事沒興趣耶。

相關短句

気(き)のりがしない。
ki.no.ri.ga.shi.na.i.
沒興趣。

気(き)が進(すす)まない。
ki.ga.su.su.ma.na.i.
沒興趣。

 Track-139

私(わたし)には関係(かんけい)ない。

wa.ta.shi.ni.wa./ka.n.ke.i.na.i.

和我沒關係。

表示和自己無關。

會話

A：タバコが値上(ねあ)がりしたので、やめたよ。
ta.ba.ko.ga./ne.a.ga.ri.shi.ta.no.de./ya.me.ta.yo.
因為香菸漲價，所以我戒菸了。

B：値上(ねあ)がりしてもしなくても、私(わたし)には関係(かんけい)ない。吸(す)わないから。
ne.a.ga.ri.shi.te.mo./shi.na.ku.te.mo./wa.ta.shi.ni.wa./ka.n.ke.i.na.i./su.wa.na.i.ka.ra.
不管它漲不漲價，都和我無關，因為我不抽菸。

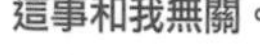

関(かか)わりたくない。
ka.ka.wa.ri.ta.ku.na.i.
不想插手。

私(わたし)とは無関係(むかんけい)だ。
wa.ta.shi.to.wa./mu.ka.n.ke.i.da.
這事和我無關。

Track-139

知(し)りたくもない。

shi.ri.ta.ku.mo.na.i.

完全不想知道。

說明

表示沒興趣，一點都不想知道。

會話

A：田中(たなか)くんがあれだけ怒(おこ)ったのも、それなりの理由(りゆう)があるんだろう？

aa.re.da.ke./o.ko.tta.no.mo./so.re.na.ri.no./ri.yu.u.ga./a.ru.da.ro.u.

田中會那麼生氣，應該是有什麼理由吧？

B：そんなこと、知(し)りたくもない。

so.n.na.ko.to./shi.ri.ta.ku.mo.na.i.

我對這事一點都不想知道。

相關短句

興味(きょうみ)が湧(わ)かない。

kyo.u.mi.ga./wa.ka.na.i.

沒興趣。

気(き)が乗(の)らない。

ki.ga.no.ra.na.i.

沒興趣。

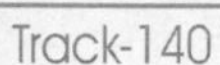

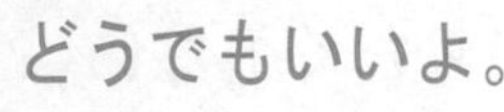

do.u.de.mo.i.i.yo.

隨便。／無所謂。

說明

表示不在乎。

會話

A：誰が私の秘密を漏らしたんだろう？
da.re.ga./wa.ta.shi.no.hi.mi.tsu.o./mo.ra.shi.ta.n.da.ro.u.
到底是誰把我的祕密說出去的？

B：そんなこと、どうでもいいよ。
so.n.na.ko.to./do.u.de.mo.i.i.yo.
這種小事，怎樣都無所謂啦。

相關短句

どうだっていい。
do.u.da.tte./i.i.
隨便。／怎樣都好。

どちらでも構わない。
do.chi.ra.de.mo.ka.ma.wa.na.i.
怎樣都行。／哪個都好。

Track-140

後悔してるんだ。

ko.u.ka.i.shi.te.ru.n.da.

很後悔。

說明

表示後悔。

會話

A：学生時代に留学しとけばよかったのに。
今後悔してるんだ。
ga.ku.se.i.ji.da.i.ni./ryu.u.ga.ku.shi.to.ke.ba./yo.ka.tta.no.ni./i.ma.ko.u.ka.i.shi.te.ru.n.da.
要是學生時代去留學就好了，我現在覺得好後悔。

B：今更後悔しても仕方ないよ。
i.ma.sa.ra./ko.u.ka.i.shi.te.mo./shi.ka.ta.na.i.yo.
就算現在後悔也于事無補啊。

相關短句

悔やんでも取り返しがつかない。
ku.ya.n.de.mo./to.ri.ka.e.shi.ga.tsu.ka.na.i.
後悔莫及。

悔しい。
ku.ya.shi.i.
真不甘心。

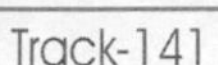

悔しくてたまらない。

ku.ya.shi.ku.te./ta.ma.ra.na.i.

十分不甘心。

說明

用於心有不甘，十分不甘心的情況。

會話

A：怪我で試合に出られないんだ。悔しくてたまらないよ。

ke.ga.de./shi.a.i.ni./de.ra.re.na.i.n.da./ku.ya.shi.ku.te./ta.ma.ra.na.i.yo.

因為受傷所以不能比賽，真的很不甘心。

B：気持は良くわかるけど、今は治療に専念して。

ki.mo.chi.wa.yo.ku.wa.ka.ru.ke.do./i.ma.wa./chi.ryo.u.ni./se.n.ne.n./shi.te.

我了解你的心情，但現在還是先專心治療吧。

相關短句

地団駄を踏んで悔しがる。

ji.ta.n.da.o./fu.n.de.ku.ya.shi.ga.ru.

非常不甘心。

期待した自分が腹立たしい。

ki.ta.i.shi.ta.ji.bu.n.ga./ha.ra.da.ta.shi.i.

對曾經很期待的自己感覺生氣。

ついていない。
tsu.i.te.i.na.i.
不走運。

說明

表示不走運，很倒霉。

會話

A：風邪引いたし、財布もなくしたし、今日ついてないな。
ka.ze.hi.i.ta.shi./sa.i.fu.mo.na.ku.shi.ta.shi./kyo.u./tsu.i.te.na.i.na.
感冒了，錢包也不見，今天真不走運。

B：あら、かわいそうに。
a.ra./ka.wa.i.so.u.ni.
唉呀，真是可憐。

相關短句

運が悪い。
u.n.ga.wa.ru.i.
運氣不好。

不運な目にあった。
fu.u.n.na./me.ni.a.tta.
不走運。

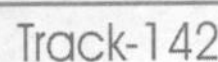

死(し)にそう。

shi.ni.so.u.

快死了。

說明

表示情況很嚴重，像要死了一樣十分痛苦。

會話

A：受験(じゅけん)の勉強(べんきょう)が大変(たいへん)で死(し)にそう。
ju.ke.n.no./be.n.kyo.u.ga./ta.i.he.n.de./shi.ni.so.u.
準備考試實在是辛苦得要死。

B：少(すこ)しは休(やす)みながらやりなよ。
su.ko.shi.wa./ya.su.mi.na.ga.ra./ya.ri.na.yo.
準備考試，多少也休息一下吧。

相關短句

死(し)にかけた。
shi.ni.ka.ke.ta.
差點死了。

寂(さび)しくて死(し)んじゃいそう。
sa.bi.shi.ku.te./shi.n.ja.i.so.u.
孤單得要命。

Track-142

胸(むね)が痛(いた)かった。

mu.ne.ga.i.ta.ka.tta.

很心疼。

說明

表示心痛、不忍。

會話

A：課長(かちょう)のお見舞(みま)いに行(い)った？

ka.cho.u.no./o.mi.ma.i.ni./i.tta.

你去探望課長了嗎？

B：うん。苦(くる)しんでいる姿(すがた)を見(み)て胸(むね)が痛(いた)かったよ。

u.n./ku.ru.shi.n.de.i.ru.su.ga.ta.o.mi.te./mu.ne.ga./i.ta.ka.tta.yo.

去了，看到課長痛苦的模樣，覺得很心疼。

相關短句

心(こころ)が痛(いた)む。

ko.ko.ro.ga.i.ta.mu.

心情很沉痛。

胸(むね)が締(し)め付(つ)けられる。

mu.ne.ga./shi.me.tsu.ke.ra.re.ru.

心糾在一起。

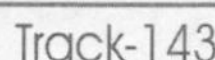

悩(なや)んでいる。

na.ya.n.de.i.ru.

很煩惱。

說明

表示為了某件事而煩惱。

會話

A：新(あたら)しく出(で)たタブレットを買(か)うの？
a.ta.ra.shi.ku./de.ta.ta.bu.re.tto.o./ka.u.no.
你要買新出的平板電腦嗎？

B：うん…まだ悩(なや)んでる。
u.n./ma.da.na.ya.n.de.ru.
嗯…我還在煩惱買不買。

相關短句

頭(あたま)を抱(かか)えてる。
a.ta.ma.o./ka.ka.e.te.ru.
很苦惱。

悩(なや)みに悩(なや)む。
na.ya.mi.no./na.ya.mu.
十分苦惱。

Track-143

泣けてきた。

na.ke.te.ki.ta.

感動得想哭。

說明

用於覺得感人的情況。

會話

A：この歌、覚えてる？
ko.no.u.ta./o.bo.e.te.ru.
你還記得這首歌嗎？

B：もちろん、懐かしくて泣けてきた。
mo.chi.ro.n./na.tsu.ka.shi.ku.te./na.ke.te.ki.ta.
當然，真是懷念，都想哭了。

相關短句

涙が出てきた。
na.mi.da.ga./de.te.ki.ta.
流下淚來。

泣ける。
na.ke.ru.
賺人熱淚。

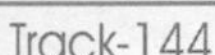

まいった。

ma.i.tta.

甘拜下風。／敗給你了。

說明

當比賽的時候想要認輸時，就可以用這句話來表示。另外拗不對方，不得已只好順從的時候，也可以用「まいった」來表示無可奈何。

會話

A：まいったな。よろしく頼(たの)むしかないな。
ma.i.tta.na./yo.ro.shi.ku./ta.no.mu.shi.ka.na.i.na.
我沒輒了，只好交給你了。

B：任(まか)せてよ！
ma.ka.se.te.yo.
交給我吧。

相關短句

まいった！許(ゆる)してください。
ma.i.tta./yu.ru.shi.te./ku.da.sa.i.
我認輸了，請願諒我。

ああ、痛(いた)い。まいった！
a.a./i.ta.i./ma.i.tta.
好痛喔，我認輸了。

まいりました。
ma.i.ri.ma.shi.ta.
甘拜下風。

Track-144

もう終(お)わりだ！

mo.u.o.wa.ri.da.

我完蛋了。

說明

這個句子和「しまい」的意思相同，都是指事情結束的意思，也都可以延伸出「完蛋了」的意思。

會話

A：今日(きょう)はレポートの提出日(ていしゅつび)だよ。
kyo.u.wa./re.po.o.to.no./te.i.shu.tsu.bi.da.yo.
今天要交報告喔！

B：えっ！やばい、もう終(お)わりだ！
e./ya.ba.i./mo.u.o.wa.ri.da.
什麼！糟了，我完蛋了。

相關短句

もうおしまいだ。
mo.u.o.shi.ma.i.da.
完蛋了。

しまった。
shi.ma.tta.
完了。

日文輕鬆上口！
每日應用一句，

Chapter. 12

情緒——其他

Track-145

まさか！

ma.sa.ka.

不會吧！

說明

表示意想不到的情況。

會話

A：彼(かれ)が1位(い)を取(と)ったそうだ。
ka.re.ga./i.chi.i.o.to.tta.so.u.da.
他好像得了第1名。

B：まさか！
ma.sa.ka.
不會吧！

相關短句

思(おも)いがけない。
o.mo.i.ga.ke.na.i.
沒想到。

予想外(よそうがい)だ。
yo.so.u.ga.i.da.
出乎意料。

Track-145

意外(いがい)だね。

i.ga.i.da.ne.

真是意外。

說明

表示出乎意料。

會話

A：ここで会(あ)うなんて意外(いがい)だね。
ko.ko.de./a.u.na.n.te./i.ga.i.da.ne.
竟然會在這裡遇到，真是意外。

B：本当(ほんとう)に。よほど縁(えん)があるのでしょうね。
ho.n.to.u.ni./yo.ho.do./e.n.ga.a.ru.no.de.sho.u.ne.
真的，我們應該很有緣份吧。

相關短句

思(おも)ってもみない。
o.mo.tte.mo.mi.na.i.
想都沒想過。

夢(ゆめ)にも思(おも)わない。
yu.me.ni.mo./o.mo.wa.na.i.
作夢也沒想到。

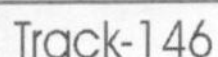

仕方ない。

shi.ka.ta.na.i.

莫可奈何。

說明

表示無可奈何。

會話

A：熱が出てライブにはいけそうもない、ごめん。
ne.tsu.ga.de.te./ra.i.bu.ni.wa.i.ke.so.u.mo.na.i./go.me.n.
我發燒了所以不能去演唱會，對不起。

B：いいよ、仕方ないから。また今度一緒に行こうね。
i.i.yo./shi.ka.ta.na.i.ka.ra./ma.ta.ko.n.do./i.ssho.ni./i.ko.u.ne.
沒關係，這也是沒辦法的事。下次再一起去吧。

相關短句

どうしようもない。
do.u.shi.yo.u.mo.na.i.
無能為力。／莫可奈何。

予期しない出来事。
yo.ki.shi.na.i.de.ki.ko.to.
出乎意料的事情。

Track-146

意外(いがい)と安(やす)かった。

i.ga.i.to.ya.su.ka.tta.

出乎意料地便宜。

說明

出乎意料地便宜。「意外(いがい)と」是出乎意料之意。

會話

A：昨日(きのう)、前(まえ)に話(はな)した店(みせ)に行(い)ったんだけど、意外(いがい)と安(やす)かった。

ki.no.u./ma.e.ni./ha.na.shi.ta.mi.se.ni.i.tta.n.dake.do./i.ga.i.to.ya.su.ka.tta.

我昨天去了之前說的那家店，意外地很便宜。

B：本当(ほんとう)？じゃあ、私(わたし)も行(い)ってみよう。

ho.n.to.u./ja.a./wa.ta.shi.mo.i.tte.mi.yo.u.

真的嗎？那我也想去看看。

相關短句

意外(いがい)に安(やす)かった。

i.ga.i.ni.ya.su.ka.tta.

出乎意料地便宜。

わりと安(やす)かった。

wa.ri.to.ya.su.ka.tta.

格外便宜。

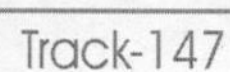

びっくりした。

bi.kku.ri.shi.ta.

嚇我一跳。

說明

表示驚訝、嚇了一跳。

會話

A：やった！
ya.tta.
太好了！

B：びっくりした。急(きゅう)に大声(おおごえ)を上(あ)げるのをやめて。
bi.kku.ri.shi.ta./kyu.u.ni./o.o.go.e.o./a.ge.ru.no.o./ya.me.te.
嚇我一跳。不要突然這麼大聲講話。

A：あ、ごめん。
a.go.me.n.
啊，對不起。

相關短句

度肝(どぎも)を抜(ぬ)かれた。
do.gi.mo.o./nu.ka.re.ta.
嚇了一跳。

腰(こし)を抜(ぬ)かした。
ko.shi.o./nu.ka.shi.ta.
嚇了一跳。

Track-147

行けばよかった。

i.ke.ba.yo.ka.tta.

要是有去就好了。

說明

後悔沒去某個地方，要是有去就好了。

會話

A：昨日の二次会は本当に楽しかった。
ki.no.u.no./ni.ji.ka.i.wa./ho.n.to.u.ni./ta.no.shi.ka.tta.
昨天續攤真的玩得很開心。

B：私も行けばよかったな。
wa.ta.shi.mo./i.ke.ba./yo.ka.tta.na.
我要是也去就好了。

相關短句

しておけばよかった。
shi.te.o.ke.ba.yo.ka.tta.
要是有做就好了。

言わなければよかった。
i.wa.na.ke.re.ba./yo.ka.tta.
要是沒説就好了。

Track-148

ハラハラした。

ha.ra.ha.ra.shi.ta.

捏了把冷汗。

說明

表示緊張。

會話

A：先週の試合は本当にハラハラしたね。
se.n.shu.u.no./shi.a.i.wa./ho.n.to.u.ni./ha.ra.ha.ra.shi.ta.ne.
上星期的比賽真是讓人捏了把冷汗。

B：そうだよ、本当にいい試合だった。
so.u.da.yo./ho.n.to.u.ni./i.i.shi.a.i.da.tta.
對啊，真的是場很棒的比賽。

相關短句

気が気でない。
ki.ga.ki.de.na.i.
坐立難安。

いても立ってもいられない。
i.te.mo./ta.tte.mo/i.ra.re.na.i.
坐立難安。

Track-148

思いもよらなかった。

o.mo.i.mo./yo.ra.na.ka.tta.

出乎意料。

說明

事情的發展出乎意料，超乎想像。

會話

A：韓国料理は食べないって言っていたじゃない？

ka.n.ko.ku.ryo.ku.ri.wa./ta.be.na.i.tte./i.tte.i.ta.ja.na.i.

你不是說不吃韓國菜嗎？

B：うん。でもこんなに美味しいとは思いもよらなかった。

u.n./de.mo./ko.n.na.ni./o.i.shi.i.to.wa./o.mo.i.mo.yo.ra.na.ka.tta.

對啊，可是我沒想到這麼好吃。

相關短句

思いがけなかった。

o.mo.i.ga.ke.na.ka.tta.

沒想到。

予想だにしなかった。

yo.so.u.da.ni.shi.na.ka.tta.

沒料到。

Track-149

羨(うらや)ましい。

u.ra.ya.ma.shi.i.

真羨慕。

說明

表示羨慕。

會話

A：イケメンが羨(うらや)ましいよ。
i.ke.me.n.ga./u.ra.ya.ma.shi.i.yo.
我真羨慕帥哥。

B：顔(かお)より心(こころ)が重要(じゅうよう)じゃないの？
ka.o.yo.ri./ko.ko.ro.ga./ju.u.yo.u.ja.na.i.no.
比起臉蛋，內心更重要不是嗎？

相關短句

あなたが羨(うらや)ましい。
a.na.ta.ga./u.ra.ya.ma.shi.i.
真羨慕你。

できる人(ひと)が羨(うらや)ましい。
de.ki.ru.hi.to.ga./u.ra.ya.ma.shi.i.
真羨慕能幹的人。

Track-149

不安(ふあん)で仕方(しかた)がない。

fu.a.n.de./shi.ka.ta.ga.na.i.

十分不安。

說明

表示十分不安。

會話

A：試験(しけん)に落(お)ちるんじゃないかと不安(ふあん)で仕方(しかた)がない。

shi.ke.n.ni./o.chi.ru.n.ja.na.i.ka.to./fu.a.n.de./shi.ka.ta.ga.na.i.

我很擔心會不會落榜。

B：一生懸命(いっしょうけんめい)勉強(べんきょう)してるから、きっと大丈夫(だいじょうぶ)だよ。

i.ssho.u.ke.n.me.i./be.n.kyo.u.shi.te.ru.ka.ra./ki.tto.da.i.jo.u.bu.da.yo.

你已經很努力準備了，一定沒問題的。

相關短句

心配(しんぱい)してる。

shi.n.pa.i.shi.te.ru.

擔心。

心細(こころぼそ)い。

ko.ko.ro.bo.so.i.

害怕。

Track-150

恥ずかしい！

ha.zu.ka.shi.i.

真丟臉！

覺得很不好意思，難為情。

會話

A：これやらなきゃだめ？
ko.re.ya.ra.na.kya.da.me.
不做不行嗎？

B：うん。
u.n.
沒錯。

A：うわ、どうしよう。恥ずかしい！
u.wa./do.u.shi.yo.u./ha.zu.ka.shi.i.
哇，怎麼辦，好丟臉喔！

相關短句

情けない。
na.sa.ke.na.i.
丟臉。

Track-150

もったいない。

mo.tta.i.na.i.

浪費。

說明

表示浪費、可惜。

會話

A：これ、わたしが焼（や）いたケーキ。
ko.re./wa.ta.shi.ga.ya.i.ta.ke.e.ki.
這是我自己烤的蛋糕。

B：うわ、かわいい。食（た）べるのがもったいないよ。
u.wa./ka.wa.i.i./ta.be.ru.no.ga./mo.tta.i.na.i.yo.
哇，好可愛喔。把它吃掉太可惜了。

相關短句

無駄（むだ）にした。
mu.da.ni.shi.ta.
浪費。

大事（だいじ）にしない。
da.ji.ni.shi.na.i.
不珍惜。

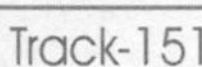

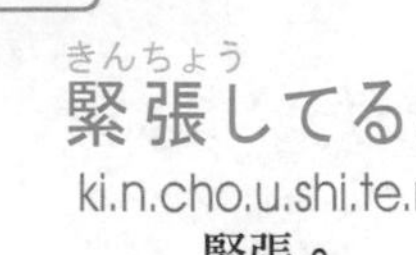

緊張(きんちょう)してる。

ki.n.cho.u.shi.te.ru.

緊張。

説明

表示緊張。

會話

A：明日(あした)センター試験(しけん)だ。すごく緊張(きんちょう)してる。
a.shi.ta./se.n.ta.a.shi.ke.n.da./su.go.ku./ki.n.cho.u.shi.te.ru.
明天就是大學入學指定考試了，我好緊張。

B：うまくいくよ。落(お)ち着(つ)いて。
u.ma.ku.i.ku.yo./o.chi.tsu.i.te.
會順利的，冷靜點。

相關短句

重圧(じゅうあつ)を感(かん)じてる。
ju.u.a.tsu.o./ka.n.ji.te.ru.
感到很很大的壓力。

口(くち)から心臓(しんぞう)が飛(と)び出(だ)しそうになる。
ko.kko.ro.ka.ra./shi.n.zo.u.ga./to.bi.da.shi.so.u.ni.na.ru.
心臟快跳出來。

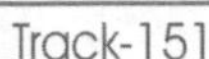

怪しい。

a.ya.shi.i.

很可疑。／很奇怪。

說明

用於表現事物很可疑、事有蹊蹺。

會話

A：お兄さん毎日帰りが遅くて、怪しいな。
o.ni.i.sa.n./ma.i.ni.chi.ka.e.ri.ga./o.so.ku.te./a.ya.shi.i.na.
哥哥最近每天都很晚歸，好奇怪喔。

B：直接聞いたら？
cho.ku.se.tsu.ki.i.ta.ra.
直接問他不就好了。

相關短句

信用できない。
shi.n.yo.u.de.ki.na.i.
不能相信。

疑わしい。
u.ta.ga.wa.shi.i.
可疑。

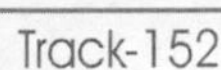

胸が熱くなった。

mu.ne.ga.a.tsu.ku.na.tta.

感動。

說明

表示感動、心中有所感觸。

會話

A：あれ？泣いてるの？
a.re./na.i.te.ru.no.
咦？你在哭啊？

B：家族からのメールを読んだら胸が熱くなった。
ka.zo.ku.ka.ra.no./me.e.ru.o./yo.n.da.ra./mu.ne.ga.a.tsu.ku.na.tta.
我看了家人寄來的mail，覺得很感動。

相關短句

胸がいっぱいになった。
mu.ne.ga.i.ppa.i.ni.na.tta.
心中充滿感觸。

じんとした。
ji.n.to.shi.ta.
深受感動。

Track-152

気（き）になって仕方（しかた）ない。

ki.ni.na.tte./shi.ka.ta.na.i.

很在意。

說明

表示十分在意。

會話

A：東野圭吾（ひがしのけいご）を読（よ）んでるの？おもしろい？
hi.ga.shi.no.ke.i.go.o./yo.n.de.ru.no./o.mo.shi.ro.i.
你在看東野圭吾的作品啊？好看嗎？

B：うん。結末（けつまつ）が気（き）になって仕方（しかた）ない。
u.n./ke.tsu.ma.tsu.ga./ki.ni.na.tte./shi.ka.ta.na.i.
好看。我很在意它的結局是什麼。

相關短句

気（き）に掛（か）かる。
ki.ni.ka.ka.ru.
很在意。

不安（ふあん）で仕方（しかた）がない。
fu.a.n.de./shi.ka.ta.ga.na.i.
感到十分不安。

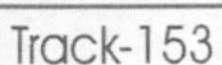

肩の荷が重い。

ka.ta.no.ni.ga./o.mo.i.

責任重大。

說明

表示心理負擔、責任很重。

會話

A：昇進おめでとうございます。
sho.u.shi.n./o.me.de.to.u./go.za.i.ma.su.
恭喜你升職了。

B：ありがとう。うれしいけど、肩の荷が重いですよ。
a.ri.ga.to.u./u.re.shi.i.ke.do./ka.ta.no.ni.ga./o.mo.i.de.su.yo.
謝謝。雖然很開心，但肩上的責任也重了。

相關短句

力不足。
cho.ka.ra.fu.zo.ku.
力有未逮。

役に立たず。
ya.ku.ni.ta.ta.zu.
派不上用場。

Track-153

パニック状態（じょうたい）だった。

pa.ni.kku.jo.u.ta.i.da.tta.

陷入一陣慌亂中。

說明

表示陷入慌張的狀態。

會話

A：昨日電話（きのうでんわ）したけど。なんで出（で）なかったの？

ki.no.u.de.n.wa.shi.ta.ke.do./na.n.de.de.na.ka.tta.no.

我昨天打電話給你，你怎麼沒接？

B：ごめん、仕事（しごと）でパニック状態（じょうたい）だった。

go.me.n./shi.go.to.de./pa.ni.kku.jo.u.ta.i.da.tta.

對不起，我因為工作所以處於慌亂之中。

相關短句

慌（あわ）ただしい空気（くうき）に包（つつ）まれる。

a.wa.ta.da.shi.i./ku.u.ki.ni./tsu.tsu.ma.re.ru.

充滿了慌亂的氣氛。

混乱（こんらん）に陥（おちい）る。

ko.n.ra.n.ni./o.chi.i.ru.

陷入一陣混亂。

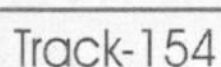

一生忘れない。

i.ssho.u.wa.su.re.na.i.

畢生難忘。

表示終生難忘。

會話

A：優勝おめでとう。
yu.u.sho.u.o.me.de.to.u.
恭喜你得到第一。

B：ありがとう。今日の喜びは一生忘れない。
a.ri.ga.to.u./kyo.u.no./yo.ro.ko.bi.wa./i.ssho.u./wa.su.re.na.i.
謝謝，今天的喜悅讓我終生難忘。

相關短句

肝に銘じる。
ki.mo.ni./me.i.ji.ru.
銘記在心。

胸に刻む。
mu.ne.ni./ki.za.mu.
銘記在心。

Track-154

頑張らなきゃ。

ga.n.ba.ra.na.kya.

要加油才行。

說明

用於激勵自己一定要努力。

會話

A：先輩たちみんな合格したそうだ。
se.n.pa.i.ta.chi./m.n.na.go.u.ka.ku.shi.ta.so.u.da.
前輩們好像都合格了。

B：本当？じゃあ、私ももっと頑張らなきゃね。
ho.n.to.u./ja.a./wa.ta.shi.mo./mo.tto./ga.n.ba.ra.na.kya.ne.
真的嗎？那我也要更加油才行。

相關短句

頑張らなきゃいけない。
ga.n.ba.ra.na.kya.i.ke.na.i.
不加油不行。

ちゃんと勉強しなくちゃ。
cha.n.to.be.n.kyo.u.shi.na.ku.cha.
要好好用功才行。

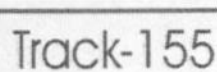

イライラする。

i.ra.i.ra.su.ru.

不耐煩。

表示不耐煩、心情煩躁。

會話

A：もう、うるさくてイライラする。
mo.u./u.ru.sa.ku.te./i.ra.i.ra.su.ru.
真是的，吵得讓人心浮氣躁。

B：窓(まど)を閉(し)めれば？
ma.do.o./shi.me.re.ba.
把窗戶關起來如何？

相關短句

じれったい。
ji.re.tta.i.
心癢難耐。／急迫。

いらだたしい。
i.ra.da.ta.shi.i.
讓人心煩。

残念(ざんねん)。

za.n.ne.n.

可惜。

說明

要表達心中覺得可惜之意時，用這個句子來説明心中的婉惜的感覺。

會話

A：残念(ざんねん)でした、外(はず)れです！

za.n.ne.n.de.shi.ta./ha.zu.re.de.su.

可惜，猜錯了。

B：え～！

e.

什麼！

相關短句

残念(ざんねん)だったね。

za.n.ne.n.da.tta.ne.

真是可惜啊！

いい結果(けっか)が出(で)なくて残念(ざんねん)だ。

i.i.ke.kka.ga.de.na.ku.te./za.n.ne.n.da.

可惜沒有好的結果。

 Track-156

ほっとした。

ho.tto.shi.ta.

鬆了一口氣。

說明

對於一件事情曾經耿耿於懷、提心吊膽，但獲得解決後，放下了心中的一塊大石頭，就可以說這句「ほっとした」，來表示鬆了一口氣。

會話

A：先生と相談したら、なんかほっとした。
se.n.se.i.to.so.u.da.n.shi.ta.ra./na.n.ka.ho.tto.shi.ta.
和老師談過之後，覺得輕鬆多了。

B：よかったね。
yo.ka.tta.ne.
那真是太好了。

相關短句

ほっとする場所がほしい！
ho.tto.su.ru.ba.sho.ga./ho.shi.i.
沒有可以喘口氣的地方。

里香ちゃんの笑顔に出会うとほっとします。
ri.ka.cha.n.no./i.ga.o.ni.de.a.u.to./ho.tto.shi.ma.su.
看到里香你的笑容就覺得鬆了一口氣。

Track-156

ショック。
sho.kku.
受到打擊。

說明

受到了打擊而感到受傷，或是發生了讓人感到震憾的事情，都可以用這個句子來表達自己嚇一跳、震驚、受傷的心情。

會話

A：恵美（えみ）、最近（さいきん）、太（ふと）ったでしょう？
e.mi./sa.i.ki.n./fu.to.tta.de.sho.u.
惠美，你最近胖了嗎？

B：えっ！ショック！
e./sho.kku.
什麼！真受傷！

相關短句

つらいショックを受（う）けた。
tsu.ra.i.sho.kku.o./u.ke.ta.
真是痛苦的打擊。

へえ、ショック！
he.e./sho.kku.
什麼？真是震驚。

Track-157

しまった。

shi.ma.tta.

糟了！

做了一件蠢事，或是發現忘了做什麼時，可以用這個句子來表示。相當於中文裡面的「糟了」、「完了」。

會話

A：しまった！カレーに味醂(みりん)を入(い)れちゃった。
shi.ma.tta./ke.re.e.ni./mi.ri.n.o./i.re.cha.tta.
完了，我把味醂加到咖哩裡面了。

B：えっ！じゃあ、夕食(ゆうしょく)は外(そと)で食(た)べようか。
e./ja.a./yu.u.sho.ku.wa./so.to.de.ta.be.yo.u.ka.
什麼！那……，晚上只好去外面吃了。

相關短句

宿題(しゅくだい)を家(いえ)に忘(わす)れてしまった。
shu.ku.da.i.o./i.e.ni.wa.su.re.te./shi.ma.tta.
我把功課放在家裡了。

しまった！パスワードを忘(わす)れちゃった。
shi.ma.tta./pa.su.wa.a.do.o./wa.su.re.cha.tta.
完了！我忘了密碼。

Track-157

信じられない！

shi.n.ji.ra.re.na.i.

真不敢相信！

說明

表示事情讓人不可置信，或是不合常理。

會話

A：彼にもらったダイヤをなくしたんだ。
ka.re.ni.mo.ra.tta.ka.da.i.ya.o./na.ku.si.ta.n.da.
我把他送給我的鑽石丟了。

B：信じられない！
shi.n.ji.ra.re.na.i.
真不敢相信！

相關短句

信じられません。
shi.n.ji.ra.re.ma.se.n.
不敢相信。

想像が及びもつかない
so.u.zo.u.ga./o.yo.bi.mo./tsu.ka.na.i.
想像不到。

Track-158

感動(かんどう)しました。

ka.n.do.u.shi.ma.shi.ta.

真是感動。

說明

這個句子和中文的「感動」一樣，用法也一致。連念法也和中文幾乎一模一樣，快點學下這個字在會話中好好運用一番吧！

會話

A：いい映画(えいが)ですね。
i.i.e.i.ga.de.su.ne.
真是一部好電影呢！

B：そうですね。最後(さいご)のシーンに感動(かんどう)しました。
so.u.de.su.ne./sa.i.go.no.shi.i.n.ni./ka.n.do.u.shi.ma.shi.ta.
對啊，最後一幕真是令人感動。

相關短句

深(ふか)い感動(かんどう)を受(う)けた。
fu.ka.i.ka.n.do.u.o./u.ke.ta.
受到深深感動。

胸(むね)打(う)たれる思(おも)い。
mu.ne.u.ta.re.ru.o.mo.i.
感動人心的情感。

Track-158

自信(じしん)ないなあ。

ji.shi.n.na.i.na.a.

我也沒什麼把握。

說明

表示沒有信心、對事情沒有把握。

會話

A：本当(ほんとう)に運転(うんてん)できる？
ho.n.to.u.ni./u.n.te.n.de.ki.ru.
你真的會開車嗎？

B：自信(じしん)ないなあ。
ji.shi.n.na.i.na.a.
我也沒什麼把握。

相關短句

日本語(にほんご)を読(よ)むのはなんとかなるが、会話(かいわ)は自信(じしん)がない。
ni.ho.n.go.o.yo.mu.no.wa./na.n.to.ka.na.ru.ga./ka.i.wa.wa./ji.shi.n.ga.na.i.
如果是念日文的話應該沒問題，但是對話我就沒把握了。

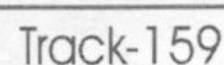

迷(まよ)っている。

ma.yo.tte.i.ru.

很猶豫。／迷路。

說明

此句話原本是迷路的意思，但也引伸為迷惘、猶豫之意。

會話

A：何(なに)を食(た)べたいですか？
na.ni.o./ta.be.ta.i.de.su.ka.
你想吃什麼。

B：うん、迷(まよ)っているんですよ。
u.n./ma.yo.tte.i.ru.n.de.su.yo.
嗯，我正在猶豫。

相關短句

どれを買(か)おうか迷(まよ)っているんです。
do.re.o.ka.o.u.ka./ma.yo.tte.i.ru.n.de.su.
不知道該買哪個。

道(みち)に迷(まよ)ってしまった。
mi.chi.ni./ma.yo.tte.shi.ma.tta.
迷路了。

Track-159

たまらない。

ta.ma.ra.na.i.

受不了。／忍不住。

說明

「たまらない」有正反兩面的意思，一方面用來對於事情無法忍受；另一方面則是十分喜愛，中意到忍不住讚嘆之意。

會話

A：立(た)てるか？
ta.te.ru.ka.
站得起來嗎？

B：無理(むり)！足(あし)が痛(いた)くてたまらない。
mu.ri./a.shi.ga.i.ta.ku.te./ta.ma.ra.na.i.
不行！腳痛得受不了。

相關短句

寂(さび)しくてたまらない。
sa.bi.shi.ku.te./ta.ma.ra.na.i.
寂寞得受不了。

好(す)きで好(す)きでたまらない。
su.ki.de./su.ki.de./ta.ma.ra.na.i.
喜歡得不得了。

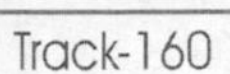

わたしの負(ま)け。

wa.ta.shi.no.ma.ke.

我認輸。

說明

比賽或吵架時，向對方認輸，表是輸得心服口服。

會話

A：まいった。わたしの負(ま)け。
ma.i.tta./wa.ta.shi.no.ma.ke.
敗給你了，我認輸。

B：やった！
ya.tta.
耶！

相關短句

負(ま)けを認(みと)める。
ma.ke.o.mi.to.me.ru.
認輸。

参(まい)った。
ma.i.tta.
我認輸了。

Chapter. 13

身體狀況

 Track-161

食(た)べ過(す)ぎた。

ta.be.su.gi.ta.

吃太多了。

「～すぎだ」是「太多」、「超過」的意思，前面加上了動詞，就是該動作已經超過了正常的範圍了。如「テレビ見(み)すぎだ」就是看太多電視了。

會話

A：今日(きょう)も食(た)べ過(す)ぎた。
kyo.u.mo./ta.be.su.gi.ta.
今天又吃太多了。

B：大丈夫(だいじょうぶ)。ダイエットは明日(あした)から。
da.i.jo.u.bu./da.i.e.tto.wa./a.shi.ta.ka.ra.
沒關係啦，減肥從明天開始。

相關短句

飲(の)み過(す)ぎた。
no.mi.su.gi.ta.
喝太多(酒)了。

髪(かみ)の毛(け)が長(なが)すぎる。
ka.mi.no.ke.ga./na.ga.su.gi.ru.
頭髮太長了。

Track-161

記憶(きおく)が飛(と)んじゃって。

ki.o.ku.ga./to.n.ja.tte.

失去了記憶。

說明

表示想不起來，失去了記憶。

會話

A：昨日(きのう)の飲(の)み会(かい)、どうだった？

ki.no.u.no./no.mi.ka.i./do.u.da.tta.

昨天的聚會怎麼樣？

B：いや、記憶(きおく)が飛(と)んじゃって。何(なに)も覚(おぼ)えてないのよ。

i.ya./ki.o.ku.ga./to.n.ja.tte./na.ni.mo./o.bo.e.te.na.i.no.yo.

我喝到失去了記憶，什麼都記不得。

相關短句

意識(いしき)を失(うしな)った。

i.shi.ki.o./u.shi.na.tta.

失去意識。／昏倒。

意識(いしき)が曇(くも)った。

i.shi.ki.ga./ku.mo.tta.

意識模糊。

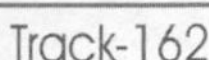

お腹を壊した。

o.na.ka.o./ko.wa.shi.ta.

拉肚子。

說明

用於吃壞了肚子，腹瀉的情況。

會話

A：お腹を壊したみたい。

o.na.ka.o./ka.wa.shi.ta.mi.ta.i.

我好像吃壞了肚子。

B：えっ？大丈夫？

e./da.i.jo.u.bu.

什麼？還好吧？

相關短句

腹具合が悪くなった。

ha.ra.gu.ra.i.ga./wa.ru.ku.na.tta.

肚子不舒服。

お腹を壊してしまい、大変苦しいです。

o.na.ka.o./ko.wa.shi.te.shi.ma.i./ta.i.he.n./ku.ru.shi.i.de.su.

吃壞了肚子，很痛苦。

Track-162

吐き気がしてきた。

ha.ki.ke.ga.shi.teki.ta.

想吐。

說明

表示想吐，身體不舒服。

會話

A：顏色が良くないけど、大丈夫？
ka.o.i.ro.ga/yo.ku.na.i.ke.do./da.i.jo.u.bu.
你氣色不太好，還好吧？

B：船酔いで吐き気がしてきた。
fu.na.yo.i.de./ha.ki.ke.ga.shi.te.ki.ta.
我暈船所以想吐。

相關短句

胸焼けがする。
mu.ne.ya.ke.ga.su.ru.
想吐。

ムカムカする。
mu.ka.mu.ka.su.ru.
想吐。

Track-163

痛い。

i.ta.i.

真痛。

說明

覺得很痛的時候，可以説出這個句子，表達自己的感覺。除了實際的痛之外，心痛（胸が痛い）、痛處（痛いところ）、感到頭痛（頭がいたい），也都是用這個字來表示。

會話

A：どうしたの？
do.u.shi.ta.no.
怎麼了？

B：のどが痛い。
no.do.ga./i.ta.i.
喉嚨好痛。

相關短句

お腹が痛い。
o.na.ka.ga./i.ta.i.
肚子痛。

目が痛いです。
me.ga./i.ta.i.
眼睛痛。

Track-163

気持ち悪い。

ki.mo.chi.wa.ru.i.

覺得好不舒服喔！

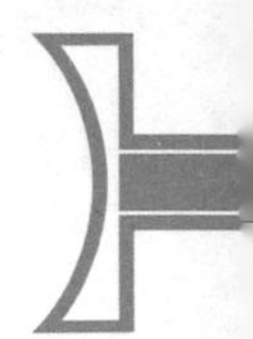

說明

此句用來表示反胃、噁心，或是心理上覺得不舒服。

會話

A：ケーキを五つ食べた。ああ、気持ち悪い。
ke.e.ki.o./i.tsu.tsu.ta.be.ta./ki.mo.chi.wa.ru.i.
我吃了五個蛋糕，覺得好不舒服喔！

B：食べすぎだよ。
ta.be.su.gi.da.yo.
你吃太多了啦！

相關短句

少し気持ち悪いんです。
su.ko.shi.ki.mo.chi.wa.ru.i.n.de.su.
覺得有點噁心。

気分が悪い。
ki.bu.n.ga.wa.ru.i.
覺得噁心。

 Track-164

お腹(なか)がすいて死(し)にそう。

o.na.ka.ga.su.i.te./shi.ni.so.u.

肚子餓到不行。

說明

用誇飾的方式表示餓得不得了，好像快要死了一樣。

會話

A：ただいま。お腹(なか)がすいて死(し)にそう。
ta.da.i.ma./o.na.ka.ga.su.i.te./shi.ni.so.u.
我回來了，肚子餓到不行。

B：はい、はい。ご飯(はん)できたよ。
ha.i./ha.i./go.ha.n.de.ki.ta.yo.
好啦，飯菜已經作好了。

相關短句

お腹(なか)がすきました。
o.na.ka.ga./su.ki.ma.shi.ta.
肚子餓了。

子供(こども)がお腹(なか)を壊(こわ)した。
ko.do.mo.ga./o.na.ka.o./ko.wa.shi.ta.
小朋友吃壞肚子了。

Chapter. 14

同意

Track-165

まあね。

ma.a.ne.

算是吧。／大概吧。

表示姑且同意、讚成。

會話

A：そういうところ、B型(かた)だよね。
so.u.i.u.to.ko.ro./b.ga.ta.da.yo.ne.
這種地方，就是B型的個性。

B：まあね。
ma.a.ne.
大概吧。

相關短句

それもそうだ。
so.re.mo.so.u.da.
說得也對。

一応(いちおう)ね。
i.chi.o.u.ne.
算是吧。

そうそう。

so.u.so.u.

沒錯沒錯。

說明

表示十分同意對方說的話。

會話

A：今回（こんかい）のドラマも先（さき）が見（み）え見（み）えで、がっかりだね。
ko.n.ka.i.no.do.ra.ma.mo./sa.ki.ga.mi.e.mi.e.de./ga.kka.ri.da.ne.
這次的連續劇，一看就知道是什麼劇情，真讓人失望。

B：そうそう、私（わたし）もがっかり。
so.u.so.u./wa.ta.shi.mo.ga.kka.ri.
沒錯沒錯，我也很失望。

相關短句

そうだよね。
so.u.da.yo.ne.
說得沒錯。

本当本当（ほんとうほんとう）。
ho.n.to.u.ho.n.to.u.
真的真的。

Track-166

やっぱり。

ya.ppa.ri.

果然如此。

事情如自己所預想的。

會話

A：ごめん、嘘(うそ)ついてたんだ。
go.me.n./u.so.tsu.i.te.ta.n.da.
對不起，我說了謊。

B：やっぱりそうだったんだ。
ya.ppa.ri.so.u.da.tta.n.da.
果然不出我所料。

相關短句

やはり。
ya.ha.ri.
果然。

思(おも)った通(とお)りだ。
o.mo.tta.to.o.ri.da.
如我所料。

Track-166

わかった。

wa.ka.tta.

我知道了。／了解。

表示已經了解、明白了。

會話

A：私は行かない。
wa.ta.shi.wa.i.ka.na.i.
我不去。

B：わかった。じゃあ、1人で行くよ。
wa.ka.tta./ja.a./hi.to.ri.de.i.ku.yo.
我知道了，那我1個人去。

相關短句

分かりました。
wa.ka.ri.ma.shi.ta.
我知道了。

了解です。
ryo.u.ka.i.de.su.
了解。

どうりで。

do.u.ri.de.

難怪。

說明

表示難怪如此，事出有因。

會話

A：あっ、服(ふく)を逆様(さかさま)に着(き)てた。

a./fu.ku.o./sa.ka.sa.ma.ni./ki.te.ta.

啊，衣服穿反了。

B：どうりで。おかしいと思(おも)った。

do.u.ri.de./o.ka.shi.i.to.o.mo.tta.

難怪我覺得哪裡怪怪的。

相關短句

なるほど。

na.ru.ho.do.

原來如此。

それだから。

so.re.da.ka.ra.

所以才會這樣。

Track-167

そうなんだ。

so.u.na.n.da.

這樣啊。

說明

有原來如此、恍然大悟之意。

會話

A：相談（そうだん）があるんだ。
so.u.da.n.ga.a.ru.n.da.
我有事想跟你談談。

B：何（なに）？
na.ni.
什麼事？

A：犬（いぬ）を飼（か）おうと思（おも）ってて、色々調（いろいろしら）べてるんだ。
i.nu.o.ka.o.u.to./o.mo.tte.te./i.ro.i.ro.shi.ra.be.te.ru.n.da.
我想養狗，所以在查些資訊。

B：あ、そうなんだ。どんな犬（いぬ）が飼（か）いたい？
a.so.u.na.n.da./do.n.na.i.nu.ga./ka.i.ta.i.
喔，原來是這樣。你想養什麼樣的狗？

Track-168

私も。

wa.ta.shi.mo.

我也是

說明

表示自己也有相同意見。

會話

A：始めて来たのに、何故か懐かしい感じがする。

ha.ji.me.te./ki.ta.no.ni./na.ze.ka./na.tsu.ka.shi.i./ka.n.ji.ga.su.ru.

我是第一次來，不知道為什麼卻覺得很熟悉。

B：私も。多分山の景色はみんな似ているからじゃないかな。

wa.ta.sh.mo./ta.bu.n./ya.ma.no.ke.shi.ki.wa./mi.n.na./ni.te.i.ru.ka.ra./ja.na.i.ka.na.

我也是，大概是因為山林景色都很像吧？

相關短句

私もそう思う。

wa.ta.shi.mo.so.u.o.mo.u.

我也這麼認為。

賛成。

sa.n.se.i.

我贊成。

Track-168

まったくそのとおり。
ma.tta.ku./so.no.to.o.ri.
真的就如同那樣。

說明

覺得對方說的十分正確，自己完全贊同。

會話

A：最近のガソリン代、高すぎますね。
sa.i.ki.n.no./ga.so.ri.n.da.i./ta.ka.su.gi.ma.su.ne.
最近的油價，真的太高了。

B：まったくそのとおり。ドル安のせいなのかな？
ma.tta.ku.so.no.to.o.ri./do.ru.ya.su.no./se.i.na.no.ka.na.
你說得沒錯，是因為美元貶值的關係嗎？

相關短句

ごもっとも。
go.mo.tto.mo.
說得有理。

確かに。
ta.shi.ka.ni.
的確如此。

Track-169

それならいいね。

so.re.na.ra.i.i.ne.

如果是這樣就好了。

說明

表示如果事情真如所說的進行就好了。

會話

A：私(わたし)が先(さき)に行(い)って、席(せき)をとっておきましょうか？

wa.ta.shi.ga./sa.ki.ni./i.tte./se.ki.o.to.tte.o.ki.ma.sho.u.ka.

我先去幫大家找好位子吧。

B：それならいいね。私達(わたしたち)もあとで行(い)くよ。

so.re.na.ra.i.i.ne./wa.ta.shi.ta.chi.mo./a.to.de.i.ku.yo.

如果這樣就太好了，我們也待會兒就去。

相關短句

幸(しあわ)せそうならいいでしょう。

shi.a.wa.se.so.u.na.ra./i.i.de.sho.u.

看起來幸福的話就好了。

そうだといいけどね。

so.u.da.to.i.i.ke.do.ne.

是這樣就好了，不過…。

Track-169

いいね。

i.i.ne.

真好。／好啊。

說明

贊成對方的提案。

會話

A：ここで昼食(ちゅうしょく)を食(た)べるってどう？

ko.ko.de./chu.u.sho.ku.o./ta.be.ru.tte./do.u.

我們在這裡吃午餐如何？

B：いいね。

i.i.ne.

好啊。

相關短句

いい提案(ていあん)だ。

i.i.te.i.a.n.da.

好主意。

その発想(はっそう)いいね。

so.no.ha.sso.u.i.i.ne.

這想法不錯。

Track-170

そうだと思（おも）う。

so.u.da.to.o.mo.u.

我想是的。

說明

認為應該是如此。

會話

A：この店（みせ）が一番安（いちばんやす）いって？

ko.no.mi.se.ga./i.chi.ba.n.ya.su.i.tte.

聽說這家店是最便宜的？

B：多分（たぶん）そうだと思（おも）う。

ta.bu.n.so.u.da.to.o.mo.u.

我想應該是。

相關短句

確（たし）かにそうだと思（おも）う。

ta.shi.ka.ni./so.u.da.to.o.mo.u.

我想應該是。

きっとそうだと思（おも）う。

ki.tto.so.u.da.to.o.mo.u.

我想一定是。

Track-170

なるほど

na.ru.ho.do.

原來如此。

說明

聽完對方解釋後恍然大悟。

會話

A：こうすれば、簡単(かんたん)にできますよ。
ko.u.su.re.ba./ka.n.ta.n.ni./de.ki.ma.su.yo.
這麼做的話，就能輕鬆完成囉。

B：なるほど。
na.ru.ho.do.
原來如此。

相關短句

納得(なっとく)する。
na.tto.ku.su.ru.
心服口服。

それだから。
so.re.da.ka.ra.
原來是這樣。

Track-171

そりゃそうだよ。

so.rya.so.u.da.yo.

理所當然。

事情的過程和結果相符，覺得結果理所當然。

會話

A：今回(こんかい)もビリだ。
ko.n.ka.i.mo.bi.ri.da.
這次也墊底。

B：そりゃそうだよ。全(まった)く練習(れんしゅう)してなかったから。
so.rya.so.u.da.yo./ma.tta.ku./re.n.syu.u.shi.te./na.ka.tta.ka.ra.
這是一定的，因為都沒練習啊。

相關短句

確(たし)かにそれはそうだ。
ta.shi.ka.ni./so.re.wa.so.u.da.
的確是理所當然。

それはそうだ。
so.re.wa.so.u.da.
理所當然。

そうとも言(い)えるね。

so.u.to.mo.i.e.ru.ne.

這麼說也有道理。

說明

用於覺得對方說得也有道理時。

會話

A：ある意味(いみ)、むしろ私(わたし)の家族(かぞく)が被害者(ひがいしゃ)だよ。

a.ru.i.mi./mu.shi.ro./wa.ta.shi.no.ka.zo.ku.ga./hi.ga.i.sha.da.yo.

在某種程度上，我的家人反而才是被害者。

B：そうとも言(い)えるね。

so.u.to.mo./i.e.ru.ne.

這麼說也有道理。

相關短句

そうかもしれない。

so.u.ka.mo.shi.re.na.i.

可能是這樣。

彼(かれ)の言(い)うことも一理(いちり)ある。

ka.re.no./i.u.ko.to.mo./i.chi.ri.a.ru.

他說的話也有道理。

Track-172

もちろん。

mo.chi.ro.n.

當然。

說明

表示自己覺得理所當然。

會話

A：今年も富士登山に行くの？
ko.to.shi.mo./fu.ji.to.za.n.ni./i.ku.no.
今年也要去爬富士山嗎？

B：もちろん！
mo.chi.ro.n.
當然！

相關短句

言うまでもなく。
i.u.ma.de.mo.na.ku.
不用說也知道。

それは当然だ。
so.re.ha to.u.ze.n.da.
那是一定的。

Track-172

それもそうだ。

so.re.mo.so.u.da.

說得也對。

說明

在談話中，經過對方的提醒、建議而讓想法有所改變時，可以用這句話來表示贊同和恍然大悟。

會話

A：皆で一緒に考えたほうがいいよ。
mi.n.na.de.i.ssho.ni./ka.n.ga.e.ta.ho.u.ga./i.i.yo.
大家一起想會比較好喔！

B：それもそうだね。
so.re.mo.so.u.da.ne.
說得也對。

相關短句

それもそうですね。
so.re.mo.so.u.de.su.ne.
說得也對。

それもそうかもなあ。
so.re.mo.so.u.ka.mo.na.a.
也許你說得對。

Track-173

そうかも。

so.u.ka.mo.

也許是這樣。

說明

當對話時，對方提出了一個推斷的想法，但是聽的人也不確定這樣的想法是不是正確時，就能用「そうかも」來表示自己也不確定，但對方說的應該是對的。

會話

A：あの人(ひと)、付(つ)き合(あ)い悪(わる)いから、誘(さそ)ってもこないかも。

a.no.hi.to./tsu.ki.a.i.wa.ru.i.ka.ra./sa.so.tte.mo.ko.na.i.ka.mo.

那個人，因為很難相處，就算約他也不會來吧。

B：そうかもね。

so.u.ka.mo.ne.

也許是這樣吧。

相關短句

そうかもしれませんね。

so.u.ka.mo.sh.re.ma.se.n.ne.

搞不好是這樣喔！

そうかもしれない。

so.u.ka.mo.shi.re.na.i.

也許是這樣。

Track-173

わたしも。

wa.ta.shi.mo.

我也是。

說明

「も」這個字是「也」的意思，當人、事、物有相同的特點時，就可以用這個字來表現。

會話

A：昨日(きのう)海(うみ)へ行(い)ったんだ。

ki.no.u./u.mi.e.i.tta.n.da.

我昨天去了海邊。

B：本当(ほんとう)？わたしも行(い)ったよ。

ho.n.to.u./wa.ta.shi.mo.i.tta.yo.

真的嗎？我昨天也去了耶！

相關短句

今日(きょう)もまた雨(あめ)です。

kyo.u.mo.ma.ta.a.me.de.su.

今天又是雨天。

田中(たなか)さんも鈴木(すずき)さんも佐藤(さとう)さんもみんなおんなじ大学(だいがく)の学生(がくせい)です。

ta.na.ka.sa.n.mo./su.zu.ki.sa.n.mo./sa.to.u.sa.n.mo./mi.n.na.o.n.na.ji.da.i.ga.ku.no./ga.ku.se.i.de.su.

田中先生、鈴木先生和佐藤先生，大家都是同一所大學的學生。

Track-174

賛成（さんせい）。

sa.n.se.i.

贊成。

說明

和中文的「贊成」意思相同，用法也一樣。在附和別人的意見時，用來表達自己也是同樣意見。

會話

A：明日動物園（あしたどうぶつえん）に行（い）こうか？

a.shi.ta.do.u.bu.tsu.e.n.ni./i.ko.u.ka.

明天我們去動物園好嗎？

B：やった！賛成（さんせい）、賛成（さんせい）！

ya.tta./sa.n.se.i./sa.n.se.i.

耶！贊成贊成！

相關短句

同感（どうかん）です。

do.u.ka.n.de.su.

有同感。

納得（なっとく）。

na.tto.ku.

可以接受。

Track-174

いいと思う。

i.i.to.o.mo.u.

我覺得可以。

說明

在表達自己的意見和想法時，日本人常會用「と思う」這個句子，代表這是個人的想法，以避免給人太過武斷的感覺。而在前面加上了「いい」就是「我覺得很好」的意思。

會話

A：もう一度書き直す。
mo.u.i.chi.do.ka.ki.na.o.shi.
我重寫一次。

B：いや、このままでいいと思う。
i.ya./ko.no.ma.ma.de.i.i.to.o.mo.u.
不，我覺得這樣就可以了。

相關短句

いいね。
i.i.ne.
很好。

いいですね。
i.i.de.su.ne.
很好。

Track-175

どっちでもいい。

do.cchi.de.mo.i.i.

都可以。／隨便。

說明

這句話可以表示出自己覺得哪一個都可以。若是覺得很不耐煩時，也會使用這句話來表示「隨便怎樣都好，我才不在乎。」的意思，所以使用時，要記得注意語氣和表情喔！

會話

A：ケーキとアイス、どっちを食(た)べる？
ke.e.ki.to.a.i.su./do.cchi.o.ta.be.ru.
蛋糕和冰淇淋，你要吃哪一個？

B：どっちでもいい。
do.cchi.de.mo.i.i.
都可以。

相關短句

どっちでもいいです。
ko.chi.de.mo.i.i.de.su.
哪個都好。

どっちでもいいよ。
do.chi.de.mo.i.i.yo.
隨便啦！

Chapter. 15

反對、否認、拒絕

そう？

so.u.

是嗎？

說明

對方的發言自己不是很認同的時候，就用語調上揚的「そう？」來表示存疑。

會話

A：田中先輩は最近格好良くなってない？
ta.na.ka.se.n.pa.i.wa./sa.i.ki.n.ka.kko.u.yo.ku.na.tte.na.i.
你覺不覺得田中學長最近變帥了？

B：そう？そうでもないけど。
so.u./so.u.de.mo.na.i.ke.do.
是嗎？我不這麼覺得耶…。

相關短句

本当？
ho.n.to.u.
真的嗎？

いや、そうでもない。
i.ya./so.u.de.mo.na.i.
不，不是那樣的。

Track-176

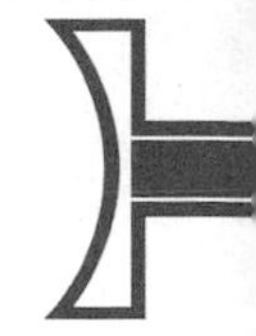

そうじゃなくて。

so.u.ja.na.ku.te.

不是那樣的。

說明

認為對方説的不對，否認對方説的話。

會話

A：あ、髪型変えたんだね。
a./ka.mi.ga.ta.ka.e.ta.n.da.ne.
啊，你換髮型了。

B：いや、もともと天パーだよ。
i.ya./mo.to.mo.to./te.n.pa.a.da.yo.
沒有，我本來就自然捲。

A：そうじゃなくて、染めたのかって。
so.u.ja.na.ku.te./so.me.ta.no.ka.tte.
我不是那個意思，我是説你染頭髮了。

相關短句

そういう意味じゃなくて。
so.u.i.u.i.mi.ja.na.ku.te.
我不是那個意思。

よくわかりません。

yo.ku.wa.ka.ri.ma.se.n.

我不太清楚。

表示自己對事情並不清楚。

會話

A：これ、どう使(つか)えばいいですか？

ko.re./do.u.tsu.ka.e.ba.i.i.de.su.ka.

這個要怎麼用？

B：私(わたし)も初心者(しょしんしゃ)なので使(つか)い方(かた)がよく分(わ)かりません。

wa.ta.shi.mo./sho.shi.n.sha.na.no.de./tsu.ka.i.ka.ta.ga./yo.ku.wa.ka.ri.ma.se.n.

我也是初學者，不太了解使用方法。

相關短句

存(ぞん)じません。

zo.n.ji.ma.se.n.

我不知道。

詳(くわ)しくはわかりません。

ku.wa.shi.ku.wa./wa.ka.ri.ma.se.n.

不清楚詳情。

知らない。

shi.ra.na.i.

不知道。

說明

表示完全不知情。

會話

A：なんでこうなったのか知ってるでしょう？

na.n.de./ko.u.na.tta.no.ka./shi.tte.ru.de.sho.u.

你知道為什麼會變成這樣嗎？

B：え？知らないよ。

e./shi.ra.na.i.yo.

嗯？我不知道啦。

相關短句

全く知らない。

ma.tta.ku.shi.ra.na.i.

完全不知道。

聞いたことない。

ki.i.ta.ko.to.na.i.

聽都沒聽過。

 Track-178

そんなはずない。

so.n.na.ha.zu.na.i.

不可能。

表示絕無可能。

會話

A：またださまされたんじゃないの？
ma.ta.da.ma.sa.re.ta.n.ja.na.i.no.
你該不會又被騙了吧？

B：えっ？そんなはずないよ。
e.so.n.na.ha.zu.na.i.yo.
嗯？怎麼可能。

相關短句

そんな訳(わけ)がない。
so.n.na.wa.ke.ga.na.i.
不可能。

ありえない。
a.ri.e.na.i.
不可能。

Track-178

なんでもない。

na.n.de.mo.na.i.

沒事。

說明

表示「沒事」，什麼事都沒發生。

會話

A：何(なに)があったの？

na.ni.ga.a.tta.no.

發生什麼事了？

B：いや、なんでもない。

i.ya./na.n.de.mo.na.i.

沒有，什麼都沒發生。

相關短句

何(なん)にもない。

na.n.ni.mo.na.i.

沒事。

特(とく)になんでもない。

to.ku.ni./na.n.de.mo.na.i.

沒什麼事。

Track-179

さあ。

sa.a.

不知道。

說明

表示什麼都不知道。

會話

A：彼は元々どこの出身なのか知ってる？
ka.re.wa./mo.to.mo.to./do.ko.no.shu.sshi.n.na.no.ka./shi.te.ru.
你知道他是從哪來的嗎？

B：さあね、知らないよ。
sa.a.ne./shi.ra.na.i.yo.
不，我不知道。

相關短句

さあ、そうかもしれない。
sa.a./so.u.ka.mo.shi.re.na.i.
不知道，也許是這樣吧。

さあ、無理かもな。
sa.a./mu.ri.ka.mo.na.
不知道，應該不行吧。

Track-179

見(み)てるだけです。

mi.te.ru.da.ke.de.su.

我只是看看。

說明

購物時，只是看一下，沒有想買的欲望。

會話

A：何(なに)をお探(さが)しでしょうか。
na.ni.o./o.sa.ga.shi.de.sho.u.ka.
在找什麼商品嗎？

B：いや、見(み)てるだけです。
i.ya./mi.te.ru.da.ke.de.su.
不，我只是看看。

相關短句

ありがとう、見(み)てるだけです。
a.ri.ga.to.u./mi.te.ru.da.ke.de.su.
謝謝，我只是看看。

見(み)ているだけでも十分(じゅうぶん)に楽(たの)しめます。
mi.te.i.ru.da.ke.de.mo./juu.u.bu.n.ni./ta.no.shi.me.ma.su.
光是看就很開心了。

私に聞かないで。

wa.ta.shi.ni./ki.ka.na.i.de.

不要問我。

說明

想避開責任，或是不想回答該問題時，請對方不要問。

會話

A：この道であってるかな？
ko.no.mi.chi.de./a.tte.ru.ka.na.
這條路對嗎？

B：私に聞かないでよ。方向音痴だから。
wa.ta.shi.ni./ki.ka.na.i.de.yo./ho.u.ko.u.o.n.chi.da.ka.ra.
不要問我，我是路痴。

相關短句

今のような質問はやめていただけませんか？
i.ma.no.yo.u.na./shi.tsu.mo.n.wa./ya.me.te./i.ta.da.ke.ma.se.n.ka.
可以麻煩不要問像剛剛那種問題嗎？

ノーコメントです。
no.o.ko.me.n.to.de.su.
不予置評。

認(みと)められない。

mi.to.me.ra.re.na.i.

無法認同。

說明

對事實無法接受時，表示無法認同。

會話

A：あの人(ひと)がチームのリーダーになるなんて、私(わたし)、認(みと)められない。

a.no.hi.to.ga./chi.i.mu.no./ri.i.da.a.ni./na.ru.na.n.te./wa.ta.shi./mi.to.me.ra.re.na.i.

我無法認同那個人成為團隊的隊長。

B：でも、ひとまず任(まか)せてみよう。

de.mo./hi.to.ma.zu.ma.ka.se.te.mi.yo.u.

不過，還是先讓他試試看吧。

相關短句

受(う)け入(い)れない。

u.ke.i.re.na.i.

無法接受。

納得出来(なっとくでき)ない。

na.tto.ku.de.ki.na.i.

無法接受。

Track-181

そんなつもりはない。

so.n.na.tsu.mo.ri.wa.na.i.

沒那個意思。

説明

表示自己並無此意、並非刻意。

會話

A：ピンチのときボール投げるときに指に力が入ってますよ。

pi.n.chi.no./to.ki./bo.o.ru.na.ge.ru.to.ki.ni./yu.bi.ni./chi.ka.ra.ga./ha.i.tte.ma.su.yo.

危急的時候，你投球時手指會太用力。

B：えっ！そんなつもりはないですけど…。

e.so.n.na.tsu.mo.ri.wa.na.i.de.su.ke.do.

什麼？我並沒有刻意想這麼做。

相關短句

そんな気はない。

so.n.na.ki.wa.na.i.

沒那個意思。

そんなつもりじゃ…。

so.n.na.tsu.mo.ri.ja.

沒那個意思。

Track-181

結構(けっこう)です。

ke.kko.u.de.su.

好的。／不用了。

說明

「結構(けっこう)です」有正反兩種意思，一種是表示「可以、沒問題」；另一種意思卻是表示「不需要」，帶有「你的好意我心領了」的意思。所以當要使用這句話時，別忘了透過語調和表情、手勢等，讓對方了解你的意思。

會話

A：よかったら、もう少(すこ)し頼(たの)みませんか？
yo.ka.tta.ra./mo.u.su.ko.shi./ta.no.mi.ma.se.n.ka.
如果想要的話，要不要再多點一點菜呢？

B：もう結構(けっこう)です。十分(じゅうぶん)いただきました。
mo.u.ke.kko.u.de.su./ju.u.bu.n.i.ta.da.ki.ma.shi.ta.
不用了，我已經吃很多了。

相關短句

いいえ、結構(けっこう)です。
i.i.e./ke.kko.u.de.su.
不，不用了。

大丈夫(だいじょうぶ)です。
da.i.jo.u.bu.de.su.
不必了。

Track-182

そうとは思(おも)わない。

so.u.to.wa./o.mo.wa.na.i.

我不這麼認為。

說明

在表達自己持有相反的意見時，日本人會用到「とは思(おも)わない」這個句子。表示自己並不這麼想。

會話

A：東京(とうきょう)の人(ひと)は冷(つめ)たいなあ。
to.u.kyo.u.no.hi.to.wa./tsu.me.ta.i.na.a.
東京的人真是冷淡。

B：う～ん。そうとは思(おも)わないけど。
u.n./so.u.to.wa./o.mo.wa.na.i.ke.do.
嗯…，我倒不這麼認為。

相關短句

おかしいとは思(おも)わない。
o.ka.shi.i.to.wa./o.mo.wa.na.i.
我不覺得奇怪。

ノーチャンスとは思(おも)わない。
no.o./cha.n.su.to.wa./o.mo.wa.na.i.
我不認為沒機會。

Track-182

それにしても。

so.re.ni.shi.te.mo.

即使如此。

說明

談話時，本身持有不同的意見，但是對方的意見也有其道理時，可以用「それにしても」來表示，雖然你說的有理，但我也堅持自己的意見。另外自己對於一件事情已經有所預期，或者是依常理已經知道會有什麼樣的狀況，但結果卻比所預期的還要誇張嚴重時，就會用「それにしても」來表示。

會話

A：田中（たなか）さん遅いですね。
ta.na.ka.sa.n./o.so.i.de.su.ne.
田中先生真慢啊！

B：道（みち）が込（こ）んでいるんでしょう。
mi.chi.ga.ko.n.de.i.ru.n.de.sho.u.
應該是因為塞車吧。

A：それにしても、こんなに遅（おく）れるはずがないでしょう？
so.re.ni.sh.te.mo./ko.n.na.ni.o.ku.re.ru./ha.zu.ga.na.i.de.sho.u.
即使如果，也不會這麼晚吧？

Track-183

そんなことない。

so.n.na.ko.to.na.i.

沒這回事。

「ない」有否定的意思。「そんなことない」就是「沒有這種事」的意思。在得到對方稱讚時，用來表示對方過獎了。或是否定對方的想法時，可以使用。

會話

A：今日(きょう)も綺麗(きれい)ですね。
kyo.u.mo.ki.re.i.de.su.ne.
今天也很漂亮呢！

B：いいえ、そんなことないですよ。
i.i.e./so.n.na.ko.to.na.i.de.su.yo.
不，沒這回事啦！

A：本当(ほんとう)はわたしのこと、嫌(きら)いなんじゃない？
ho.n.to.u.wa./wa.ta.shi.no.ko.to./ki.ra.i.na.n.ja.na.i.
你其實很討厭我吧？

B：いや、そんなことないよ！
i.ya./so.n.na.ko.to.na.i.yo.
不，沒有這回事啦！

Track-183

ちょっと。

cho.tto.

有一點。

說明

「ちょっと」是用來表示程度輕微，但是延伸出來的意思，則是「今天有一點事」，也就是要拒絕對方的邀約或請求，想要推託時的理由。

會話

A：今日一緒に映画を見に行きませんか？
kyo.u./i.ssho.ni.e.i.ga.o./mi.ni.i.ki.ma.se.n.ka.
今天要不要一起去看電影？

B：すみません、今日はちょっと…。
su.mi.ma.se.n./kyo.u.wa.cho.tto.
對不起，今天有點不方便。

相關短句

それはちょっと…。
so.re.wa.cho.tto.
這有點……。

ごめん、ちょっと…。
go.me.n./cho.tto.
對不起，有點不方便。

Track-184

絶対（ぜったい）いやだ。

ze.tta.i.i.ya.da.

絕對不要。

說明

「絶対（ぜったい）」是表示強調的意思，用來加強話者的語氣，後面加上「いやだ」，則表示強烈拒絕。

會話

A：彼（かれ）と一緒（いっしょ）に行（い）けばいいじゃない？
ka.re.to.i.ssho.ni.i.ke.ba./i.i.ja.na.i.
和他一起去不就好了？

B：無理（むり）。絶対（ぜったい）いやだよ。
mu.ri./ze.tta.i.i.ya.da.yo.
不可能。我絕對不要。

相關短句

いやだ。
i.ya.da.
不要。

死（し）んだほうがましだ。
shi.n.da.ho.u.ga.ma.shi.da.
與其那樣不如死還比較好。

Track-184

嫌(いや)だ。

i.ya.da.

不要。／討厭。

說明

這個句子是討厭的意思。對人、事、物感到極度厭惡的時候，可以使用。但若是隨便說出這句話，可是會讓對方受傷的喔！

會話

A：寒(さむ)いから手(て)を繋(つな)ごう。
sa.mu.i.ka.ra./te.o.tsu.na.go.u.
好冷喔，我們手牽手好了。

B：嫌(いや)だ。
i.ya.da.
才不要咧！

相關短句

嫌(いや)ですよ。
i.ya.de.su.yo.
才不要咧。

嫌(いや)なんです。
i.ya.na.n.de.su.
不喜歡。

Track-185

無理(むり)です。

mu.ri.de.su.

不可能。

說明

絕對不可能做某件事，或是事情發生的機率是零的時候，就會用「無理(むり)」來表示絕不可能，也可以用來拒絕對方。

會話

A：僕(ぼく)と付(つ)き合(あ)ってくれない？

bo.ku.to./tsu.ki.a.tte./ku.re.na.i.

請和我交往。

B：ごめん、無理(むり)です！

go.me.n./mu.ri.de.su.

對不起，那是不可能的。

相關短句

無理無理(むりむり)！

mu.ri./mu.ri.

不行不行。

絶対無理(ぜったいむり)だ。

ze.tta.i.mu.ri.da.

絕對不可能。

Track-185

別(べつ)に。

be.tsu.ni.

沒什麼。／不在乎。

說明

「別(べつ)に」是「沒什麼」的意思，帶有「沒關係」的意思。但引申出來也有「管它的」之意，如果別人問自己意見時，回答「別(べつ)に」，就有一種「怎樣都行」的輕蔑感覺，十分的不禮貌。

會話

A：無理(むり)しないで。わたしは別(べつ)にいいよ。
mu.ri.shi.na.i.de./wa.ta.shi.wa./be.tsu.ni.i.i.yo.
別勉強，別在乎我的感受。

B：ごめん。じゃあ今日(きょう)はパス。
go.me.n./ja.a./kyo.u.wa.pa.su.
對不起，那我今天就不參加了。

相關短句

別(べつ)に。
be.tsu.ni.
沒什麼。／我不在乎。

別(べつ)に断(ことわ)る理由(りゆう)は見当(みあ)たらない。
be.tsu.ni./ko.to.wa.ru.ri.yu.u.wa./mi.a.ta.ra.na.i.
沒有找到什麼可以拒絕的特別理由。

 Track-186

今忙(いまいそが)しいんだ。

i.ma.i.so.ga.shi.i.n.da.

我現在正在忙。

說明

要表示忙碌狀態的形容詞。有求於別人，或是有事想要談一談的時候，也會用「今忙(いまいそが)しい？」先問對方忙不忙。

會話

A：ちょっといい？
cho.tto.i.i.
現在有空嗎？

B：ごめん、今忙(いまいそが)しいんだ。
go.me.n./i.ma.i.so.ga.shi.i.n.da.
對不起，我現在正在忙。

相關短句

目(め)が回(まわ)るほど忙(いそが)しいよ。
me.ga.ma.wa.ru.ho.do./i.so.ga.shi.i.yo.
忙不過來。

自分(じぶん)のことで手一杯(ていっぱい)だ。
ji.bu.n.no.ko.to.de./te.i.ppa.i.da.
自己的事情就忙不過來了。

Track-186

できない。

de.ki.na.i.

辦不到。

說明

「できる」是辦得到的意思，而「できない」則是否定形，也就是辦不到的意思。用這兩句話，可以表示自己的能力是否能夠辦到某件事。

會話

A：一人(ひとり)でできないよ、手伝(てつだ)ってくれない？
ih.to.ri.de./de.ki.na.i.yo./te.tsu.da.tte.ku.re.na.i.
我一個人辦不到，你可以幫我嗎？

B：いやだ。
i.ya.da.
不要。

A：ちゃんと説明(せつめい)してくれないと納得(なっとく)できません。
cha.n.to./se.tsu.me.i.shi.te.ku.re.na.i.to./na.tto.ku.de.ki.ma.se.n.
你不好好說明的話，我沒有辦法接受。

B：分(わ)かりました。では、このレポートを見(み)てください…。
wa.ka.ri.ma.shi.ta./de.wa./ko.no.re.po.o.to.o./mi.te.ku.da.sa.i.
了解。那麼，就請你看看這份報告。

Track-187

だめ。

da.me.

不行。

說明

這個句子也是禁止的意思，但是語調更強烈，常用於長輩警告晚輩的時候。此外也可以用形容一件事情已經無力回天，再怎麼努力都是枉然的意思。

會話

A：ここに座（すわ）ってもいい？
ko.ko.ni./su.wa.tte.mo.i.i.
可以坐這裡嗎？

B：だめ！
da.me.
不行！

相關短句

だめです！
da.me.de.su.
不可以。

だめだ！
da.me.da.
不准！

Chapter. 16

興趣、嗜好

Track-188

かなりはまってる。

ka.na.ri./ha.ma.tte.ru.

很入迷。

說明

表示十分熱衷在某件事情上。

會話

A：フランス映画(えいが)にかなりはまってるみたいだね。

fu.ra.n.su.e.i.ga.ni./ka.na.ri./ha.ma.tte.ru.mi.ta.i.da.ne.

你好像很沉迷法國電影。

B：うん。ここに出(で)てくるセリフ、全部覚(ぜんぶおぼ)えたよ。

u.n./ko.ko.ni.de.te.ku.ru.se.ri.fu./ze.n.bu.o.bo.e.ta.yo.

對啊，這裡出現的台詞，我全都記得唷。

相關短句

夢中(むちゅう)になってる。

mu.chu.u.ni.na.tte.ru.

熱衷。

テニスに熱中(ねっちゅう)している。

te.ni.su.ni./ne.cchu.u.shi.te.i.ru.

熱衷於網球。

Track-189

苦手(にがて)。

ni.ga.te.

不喜歡。／不擅長。

說明

當對於一件事不拿手，或是束手無策的時候，可以用這個句子來表達。另外像是不敢吃的東西、害怕的人……等，也都可以用這個字來代替。

會話

A：わたし、運転(うんてん)するのはどうも苦手(にがて)だ。

wa.ta.shi./u.n.te.n.su.ru.nowa./do.u.mo.ni.ga.te.da.

我實在不太會開車。

B：わたしも。怖(こわ)いから。

wa.ta.shi.mo./ko.wa.i.ka.ra.

我也是，因為開車是件可怕的事。

相關短句

水(みず)が苦手(にがて)なんだ。

mi.zu.ga.ni.ga.te.na.n.da.

我很怕水。

不得意(ふとくい)です。

fu.to.ku.i.de.su.

不擅長。

Track-189

す
好きです。

su.ki.de.su.

喜歡。

說明

　　無論是對於人、事、物，都可用「好き（す）」來表示自己很中意這樣東西。用在形容人的時候，有時候也有「愛上」的意思，要注意使用的對象喔！

會話

さっか　いちばんす　だれ
A：作家で一番好きなのは誰ですか？
sa.kka.de./i.chi.ba.n.su.ki.na.no.wa./da.re.de.su.ka.
你最喜歡的作家是誰？

おくだひでお　だいす
B：奥田英朗が大好きです。
o.ku.da.hi.de.o.ga./da.i.su.ki.de.su.
我最喜歡奥田英朗。

相關短句

あいこ　す
愛子ちゃんのことが好きだ！
a.i.cha.n.no.ko.to.ga./su.ki.da.
我最喜歡愛子了。

にほんりょうり　だいす
日本料理が大好き！
ni.ho.n.ryo.u.ri.ga./da.i.su.ki.
我最喜歡日本菜。

Track-190

嫌(きら)いです。

ki.ra.i.de.su.

不喜歡。

說明

這句話是討厭的意思，不喜歡的人、事、物，都可以用這個句子來形容。

會話

A：苦手(にがて)なものは何(なん)ですか？

ni.ga.te.na.mo.no.wa./na.n.de.su.ka.

你不喜歡什麼東西？

B：虫(むし)です。わたしは虫(むし)が嫌(きら)いです。

mu.shi.de.su./wa.ta.shi.wa./mu.shi.ga./ki.ra.i.de.su.

昆蟲。我討厭昆蟲。

相關短句

負(ま)けず嫌(ぎら)いです。

ma.ke.zu.gi.ra.i.de.su.

好強。／討厭輸。

おまえなんて大嫌(だいきら)いだ！

o.ma.e.na.n.te./da.i.ki.ra.i.da.

我最討厭你了！

Track-190

気(き)に入(い)って。

ki.ni.i.tte.

很中意。

說明

在談話中，要表示自己對很喜歡某樣東西、很在意某個人、很喜歡做某件事時，都能用這個句子來表示。

會話

A：これ、手作(てづく)りの手袋(てぶくろ)です。気(き)に入(い)っていただけたらうれしいです。
ko.re./te.du.ku.ri.no./te.bu.ku.ro.de.su./ki.ni.i.tte.i.ta.da.ke.ta.ra./u.re.shi.i.de.su.
這是我自己做的手套。希望你會喜歡。

B：ありがとう。かわいいです。
a.ri.ga.to.u./ka.wa.i.i.de.su.
謝謝。真可愛耶！

相關短句

気(き)に入(い)ってます。
ki.ni.i.tte.ma.su.
中意。

そんなに気(き)に入(い)ってない。
so.n.na.ni./ki.ni.i.tte.na.i.
不是那麼喜歡。

Track-191

食(た)べたい。

ta.be.ta.i.

想吃。

說明

和「したい」的用法相同，只是這個句型是在「たい」加上動詞，來表示想做的事情是什麼，比如「食(た)べたい」就是想吃的意思。

會話

A：今日(きょう)は暑(あつ)かった！さっぱりしたものを食(た)べたい。
kyo.u.wa./a.tsu.ka.tta./sa.ppa.ri.shi.ta.mo.no.o./ta.be.ta.i.
今天真熱！我想吃些清爽的食物。

B：わたしも！
wa.ta.shi.mo.
我也是。

相關短句

お酒(さけ)を飲(の)みたいです。
o.sa.ke.o./no.mi.ta.i.de.su.
想喝酒。

体験(たいけん)してみたいです。
ta.i.ke.n.shi.te.mi.ta.i.de.su.
想體驗看看。

Track-191

はい。

ha.i.

好。／是。

說明

在對長輩說話，或是在較正式的場合裡，用「はい」來表示同意的意思。另外也可以表示「我在這」、「我就是」。

會話

A：あの人(ひと)は桜井(さくらい)さんですか？

a.no.hi.to.wa./sa.ku.ra.i.sa.n.de.su.ka.

那個人是櫻井先生嗎？

B：はい、そうです。

ha.i./so.u.de.su.

嗯，是的。

A：金曜日(きんようび)までに出(だ)してください。

ki.n.yo.u.bi.ma.de.ni./da.shi.te.ku.da.sa.i.

請在星期五之前交出來。

B：はい、わかりました。

ha.i./wa.ka.ri.ma.shi.ta.

好，我知道了。

Track-192

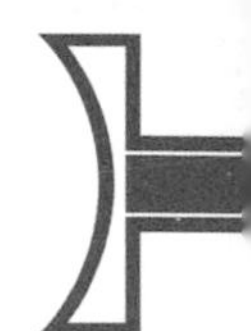

いいえ。

i.i.e.

不好。／不是。

說明

在正式的場合，否認對方所說的話時，用「いいえ」來表達自己的意見。

會話

A：もう食(た)べましたか？
mo.u.ta.be.ma.shi.ta.ka.
你吃了嗎？

B：いいえ、まだです。
i.i.e./ma.da.de.su.
不，還沒。

A：英語(えいご)がお上手(じょうず)ですね。
e.i.go.ga./o.jo.u.zu.de.su.ne.
你的英文說得真好。

B：いいえ、そんなことはありません。
i.i.e./so.n.na.ko.to.ha./a.ri.ma.se.n.
不，你過獎了。

Track-192

えっと。

e.tto.

呃…。

說明

說話時，正在思考該怎麼說，用「えっと」來當作開頭，增加思考的時間。

會話

A：えっと、さっきの人(ひと)の名前(なまえ)、なんて言(い)ったっけ？

e.tto./sa.kki.no.hi.to.no.na.ma.e./na.n.te.i.tta.ke.

呃…，剛剛那個人說叫什麼名字來著？

B：もう忘(わす)れたの？田中理恵(たなかりえ)だよ。

mo.u.wa.su.re.ta.no./ta.na.ka.ri.e.da.yo.

你忘啦？叫田中理惠。

相關短句

あの…。

a.no.

那個…。

その…。

so.no.

那個…。

実は…。

ji.tsu.wa.

其實…。

說明

說出實情、或是事情的原因。

會話

A：実(じつ)は、私(わたし)は泳(およ)げないんです。
ji.tsu.wa./wa.ta.shi.wa./o.yo.ge.na.i.n.de.su.
其實…我不會游泳。

B：浮(う)き輪(わ)で浮(う)いているだけでいいよ。
u.ki.wa.de./u.i.te.i.ru.da.ke.de.i.i.yo.
只要用游泳圈就好了。

相關短句

正直(しょうじき)に言(い)うと。
sho.u.ji.ki.ni.i.u.to.
老實說。

本当(ほんとう)は。
ho.n.to.u.wa.
其實。

Track-193

あのね。

a.no.ne.

那個。

說明

用於發語，類似中文的「那個」。

會話

A：あのね、みんなに黙ってたんだけど…。
a.no.ne./mi.n.na.ni./da.ma.tte.i.ta.n.da.ke.do.
那個，我還沒告訴別人…。

B：何？ああ！それ、昨日聞いたよ。
na.ni./a.a./so.re./ki.no.u.ki.i.ta.yo.
什麼？啊，那個啊，我昨天聽說了。

相關短句

あのさあ。
a.no.sa.a.
那個。／我說啊。

あのう。
a.no.u.
那個。

Track-194

なんて言（い）うか。

na.n.te.i.u.ka.

該怎麼說。

說明

用於不知如何形容，難以表達時。

會話

A：あのドラマ、どうだった？

a.no.do.ra.ma./do.u.da.tta.

那部連續劇怎麼樣？

B：うん…なんて言（い）うか。ベタな恋愛（れんあい）ドラマの範囲（はんい）だね。

u.n./na.n.te.i.u.ka./be.ta.na./re.n.a.i.do.ra.ma.no./ha.n.i.da.ne.

嗯…該怎麼說，就只是一般的愛情連續劇。

相關短句

なんと言（い）うか。

na.n.to.i.u.ka.

該怎麼說。

まあ、なんて言（い）うか。

ma.a./na.n.te.i.u.ka.

嗯，該怎麼說呢。

Track-194

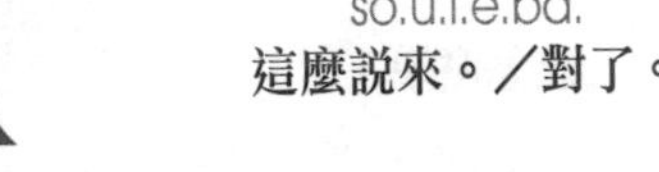

そういえば。

so.u.i.e.ba.

這麼說來。／對了。

說明

想到某件事，想提起新話題時用的接續詞。

會話

A：そういえば、この前(まえ)食事(しょくじ)しようって約束(やくそく)、流(なが)れちゃったね。
so.u.i.e.ba./ko.no.ma.e./sho.ku.ji./shi.yo.u.tte./ya.ku.so.ku./na.ga.re.cha.tta.ne.
對了，之前說要一起去吃飯的事，後來都忘了。

B：また約束(やくそく)しようよ。
ma.ta.ya.ku.so.ku.shi.yo.u.yo.
再約一次吧。

相關短句

ついでながら。
tsu.i.de.na.ga.ra.
順便。

ちなみに。
chi.na.mi.ni.
順道一提。

Track-195

いいこと思(おも)いついた。

i.i.ko.to./o.mo.i.tsu.i.ta.

想到一個好主意。

說明

表示想到一個好主意。

會話

A：どうしよう？
do.u.shi.yo.u.
怎麼辦？

B：あ、いいこと思(おも)いついた。こうすればどう？
a.i.i.ko.to./o.mo.i.tsu.i.ta./ko.u.su.re.ba.do.u.
啊，我想到一個好主意，這樣做如何？

相關短句

いい考(かんが)えが頭(あたま)に浮(う)かんだ。
i.i.ka.n.ga.e.ga./a.ta.ma.ni./u.ka.n.da.
我有一個好想法。

いいアイディアが浮(う)かんだ。
i.i.a.i.di.a.ga./u.ka.n.da.
想到一個好主意。

Track-195

簡単(かんたん)に言(い)えば。

ka.n.ta.n.ni./i.e.ba.

簡單地說。

說明

用於想簡單解釋某件事情時。

會話

A：リストラとはどういうことですか？
ri.su.to.ra.to.wa./do.u.i.u.ko.to.de.su.ka.
什麼是裁員？

B：簡単(かんたん)に言(い)えば、退職(たいしょく)させることです。
ka.n.ta.n.ni.i.e.ba./ta.sho.ku.sa.se.ru./ko.to.de.su.
簡單地說，就是解僱。

相關短句

簡単(かんたん)に言(い)うと。
ka.n.ta.n.ni.i.u.to.
簡單地說。

手短(てみじか)に言(い)うと。
te.mi.ji.ka.ni.i.u.to.
簡短地說。

Track-196

ささやかな品(しな)ですが。

sa.sa.ya.ka.na.shi.na.de.su.ga.

只是小東西。

說明

送禮時謙稱自己的禮物微不足道。

會話

A：ささやかな品(しな)ですが、どうぞお納(おさ)めください。

sa.sa.ya.ka.na.shi.na.de.su.ga./do.u.zo./o.sa.me.ku.da.sa.i.

只是些小東西，請您收下。

B：ありがとうございます。遠慮(えんりょ)なくいただきます。

a.ri.ga.to.u.go.za.i.ma.su./e.n.ryo.na.ku.i.ta.da.ki.ma.su.

謝謝你，那我就不客氣了。

相關短句

珍(めずら)しいものではございませんが。

me.zu.ra.shi.i.mo.no.de.wa./go.za.i.ma.se.n.ga.

不是什麼珍貴的東西。

心(こころ)ばかりの品(しな)ですが。

ko.ko.ro.ba.ka.ri.no./shi.na.de.su.ga.

只是聊表心意的東西。

Track-196

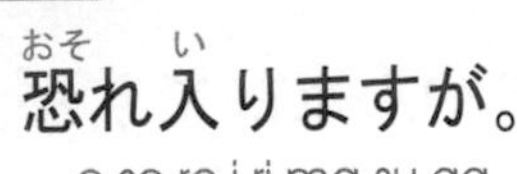

恐(おそ)れ入(い)りますが。

o.so.re.i.ri.ma.su.ga.

打擾了。

說明

對上位者或長輩，有所打擾或想做出請求時的發語詞。

會話

A：恐(おそ)れ入(い)りますが。、今何時(いまなんじ)でしょうか？

o.so.re.i.ri.ma.su.ga./i.ma.na.n.ji.de.sho.u.ka.

不好意思打擾了，請問現在幾點？

B：7時半(じはん)です。

shi.chi.ji.ha.n.de.su.

7點半。

相關短句

すみませんが。

su.mi.ma.se.n.ga.

不好意思。

あのう…。

a.no.u.

那個…。

國家圖書館出版品預行編目資料

每日一句日語懶人會話 / 雅典日研所企編. -- 初版.
-- 新北市 : 雅典文化, 民101.12
面 ; 公分. -- (生活日語 ; 3)
ISBN 978-986-6282-70-6(平裝附光碟片)
1.日語 2.會話
803.188 101021010

生活日語系列 03

每日一句日語懶人會話

編著／雅典日研所
責編／許惠萍
美術編輯／林子凌
封面設計／劉逸芹

法律顧問：方圓法律事務所／涂成樞律師

總經銷：永續圖書有限公司
永續圖書線上購物網
www.foreverbooks.com.tw

CVS代理／美璟文化有限公司
TEL：（02）2723-9968
FAX：（02）2723-9668

出版日／2012年12月

雅典文化

出版社
22103 新北市汐止區大同路三段194號9樓之1
TEL （02）8647-3663
FAX （02）8647-3660

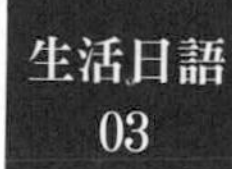

每日一句日語懶人會話

雅致風靡　典藏文化

親愛的顧客您好，感謝您購買這本書。即日起，填寫讀者回函卡寄回至本公司，我們每月將抽出一百名回函讀者，寄出精美禮物並享有生日當月購書優惠！想知道更多更即時的消息，歡迎加入“永續圖書粉絲團”您也可以選擇傳真、掃描或用本公司準備的免郵回函寄回，謝謝。

傳真電話：（02）8647-3660　　電子信箱：yungjiuh@ms45.hinet.net

姓名：　　性別：□男　□女

出生日期：　年　月　日　電話：

學歷：　　職業：□男　□女

E-mail：

地址：□□□

從何處購買此書：　　購買金額：　元

購買本書動機：□封面 □書名 □排版 □內容 □作者 □偶然衝動

你對本書的意見：

內容：□滿意□尚可□待改進　編輯：□滿意□尚可□待改進

封面：□滿意□尚可□待改進　定價：□滿意□尚可□待改進

其他建議：

總經銷：永續圖書有限公司

永續圖書線上購物網

www.foreverbooks.com.tw

您可以使用以下方式將回函寄回。

您的回覆，是我們進步的最大動力，謝謝。

① 使用本公司準備的免郵回函寄回。

② 傳真電話：（02）8647-3660

③ 掃描圖檔寄到電子信箱：

yungjiuh@ms45.hinet.net

沿此線對折後寄回，謝謝。

廣告回信
基隆郵局登記證
基隆廣字第056號

2 2 1-0 3

雅典文化事業有限公司　收

新北市汐止區大同路三段194號9樓之1

雅致風靡　典藏文化